Intouchable meilleur ennemi

Laetitia Laroche

Intouchable meilleur ennemi

Collection **Enemies lovers**
Mademoiselle a trois ailes éditions

Crédit photo @ Bookbrush

eISBN : 978-2-490113-43-9

ISBN : 978-2-490113-54-5

Myriam

— Je n'y arriverai pas toute seule ! Dans quelle langue faut-il te le dire ? m'exclamai-je, à bout de nerfs.

— Ne t'énerve pas, ma puce…

Je vis mon père qui tentait de réprimer un éclat de rire en se mordant l'intérieur de la bouche.

— Oh ! Et puis vous êtes trop nuls ! Je n'ai plus faim !

Je m'étais levée d'un bond en faisant crisser les pieds de ma chaise. Des rires moqueurs me suivirent tandis que je gravissais quatre à quatre l'escalier qui menait à ma chambre.

— Mimi ? Ma petite grenouille ? implora ma mère. Oh ! Taisez-vous un peu, bande d'imbéciles, elle vous entend, voyons.

Mais l'amusement qui perçait dans sa voix décupla ma rage. Toute ma famille se payait ma tête. Des larmes me vinrent aux yeux.

Ah ! Ça ! Quand on parlait de la sacro-sainte équipe de hockey de Sacha, mon jumeau, les discussions étaient sérieuses. Mais dès que j'évoquais mon activité à moi, je ne recevais que quolibets et moqueries ! Et pour parfaire mon humiliation, il fallait qu'à ce repas dominical, les pots de colle de service soient encore là à squatter.

Je ne comprenais pas par je ne sais quelle sale habitude, les deux meilleurs amis de Sacha s'invitaient chaque dimanche au repas familial.

Ou plutôt si ! Je ne le savais que trop bien ! Comme à l'accoutumée, mon père, Philippe, était allé récupérer mon frère de retour de son déplacement pour le match de hockey du week-end et comme toujours il avait ramené Mathieu et Benoît avec lui !

À vrai dire, je n'avais rien à reprocher à Benoît. C'était bien le plus sympa des potes de Sacha. Mais pour ce qui était de l'autre… Ah ! Ça ! C'était une autre affaire !

Je me coltinais ce doryphore depuis presque dix ans maintenant. Ce n'était pas compliqué, depuis que Sacha et Mathieu s'étaient retrouvés côte à côte sur les bancs de la patinoire à l'âge de huit ans, ils ne s'étaient plus quittés.

Et pour je ne savais quelle raison, mon frère et mes parents s'étaient entichés de ce cas social ! Il habitait dans un HLM des Rives de Seine avec sa mère. Il serait devenu dealer s'il n'était pas entré dans le club de hockey de la patinoire de Boulogne-Billancourt.

Ah ! Comme je me détestais quand je m'entendais parler de la sorte ! Moi qui étais une chic fille, le prototype même de la bonne copine, je me transformais en insupportable bêcheuse dès qu'il s'agissait de Mathieu. Ce gars avait le don de faire ressortir le pire en moi !

Annie, ma mère, toqua alors doucement à ma porte.

— Mimi ? Ma chérie ? Viens manger. Tu sais bien comment ils sont… Ne te vexe pas pour ça !

— C'est toujours la même chose, maman ! J'en ai marre que Sacha se moque de moi. Surtout avec les deux autres pieds nickelés qui enchaînent ! Et papa qui rigole de leurs blagues en plus ! C'est insupportable !

— Enfin, Mimi… Tu le dis toi-même. Ce ne sont que des blagues. Il n'y a pas de méchanceté. Allez, ma petite grenouille, reviens avec nous.

— Alors ils ont intérêt à s'excuser !

J'ouvris le battant et lui montrai un air renfrogné.

— Mais oui, bien sûr…

Elle m'encouragea d'un sourire plein de sollicitude. Je sortis de mon antre en rechignant. Elle m'emboîta le pas et je pointai un bout de nez chiffonné dans la salle à manger.

— Oh ! Dis ! Tu me rattrapes, hein ? cria Sacha à Mathieu qui lui tendit les bras.

— Oh ! Encore raté ! se désola celui-ci en observant son ami se ratatiner les fesses à terre.

Les deux acolytes partirent dans un éclat de rire déloyal. Ils se délectaient de mon visage horrifié et consterné, les bougres !

— Vous êtes vraiment trop cons !

Je rebroussais chemin vers ma chambre plus fâchée que jamais. J'entendis maman les gronder sans grande conviction avec un sourire dans la voix.

— C'est malin, ça, les garçons !

Et voilà ce que c'était que de faire du patinage artistique dans une famille qui vouait un culte au hockey. Mes parents étaient des fans de la première heure des hockeyeurs juniors. Ils suivaient tous les matchs et commentaient pendant des heures la stratégie du coach. Il fallait reconnaitre que le club de Boulogne était excellent et avait été plusieurs fois champion dans sa catégorie.

Quant à moi, c'était une autre histoire. J'adorais patiner, mais ces dernières années, j'avais vraiment manqué de chance. J'étais excellente en duo. Or, il n'y avait pas beaucoup de partenaires disponibles. Et le dernier en date, Thomas, avait été absent un nombre incalculable de fois.

Du coup, j'avais pris du retard sur mon programme d'entraînement. Il y avait beaucoup de prises que je ne maitrisais pas encore. Et cette année, j'avais mes chances pour le concours régional, je le sentais. Cette année serait mon année.

Encore fallait-il que Thomas ne me glisse pas entre les doigts ! Et celui-ci enchaînait les excuses. Il venait de m'apprendre qu'il partait en échange scolaire trois semaines à Hambourg. Trois semaines, bon sang ! Comment allais-je faire pour m'exercer dans ces conditions ? J'avais besoin de lui !

Et pensez-vous que ça aurait été trop demander que d'avoir un minimum de compréhension et de soutien de la part de ma famille ? Eh bien non ! Mon frère s'était acharné à me ridiculiser à table, comme si je n'en avais pas déjà suffisamment mon compte !

— Tu ne m'en veux pas trop ? Je sais que ce n'était pas prévu, mais une place s'est libérée dans le groupe des Germanistes et j'ai sauté sur l'occasion. J'ai besoin de ce stage à l'étranger pour mon dossier de candidature à la fac. Tu comprends, j'espère ?

— Bien sûr que je comprends, assurai-je à mon partenaire en tortillant mes mains. C'est juste que…

— Ce n'est que trois semaines ! Tu verras ça passera super vite. Et je te promets qu'à mon retour, on met les bouchées doubles pour préparer les championnats régionaux.

— Oh, ce n'est pas pour toi que je m'en fais. Toi tu es super fort, à croire que tu as déjà tout le programme dans la tête ! Mais moi, c'est une autre affaire. Mes prises ne sont pas encore verrouillées. J'ai du boulot !

— Ne t'inquiète pas ! Tu patines super bien. Il ne nous faudra pas longtemps pour être au point, fais-moi confiance.

— Hum… ce n'est pas l'avis de mon frère ni de ses potes du hockey. Ils m'ont vue plus souvent le cul par terre qu'en l'air, si tu vois ce que je veux dire, ajoutai-je avec une grimace comique.

— Laisse-les causer, ce ne sont que des brutes ! Ah ! Tiens, en parlant du loup !

D'un signe de tête, Thomas indiqua les joueurs qui sortaient des vestiaires en attroupement après leur entraînement. Je levai les yeux au ciel et les observai se chambrer à grands coups de tapes viriles sur l'épaule.

Le cours de patinage avait succédé à celui de hockey. Avec Thomas, nous étions en tenue de danse, patins au pied, tandis que les hockeyeurs investissaient déjà les gradins en encombrant les sièges avec leurs gros sacs d'équipement.

— Notre coach leur a déjà demandé d'être moins bruyants en sortant des vestiaires, mais penses-tu qu'ils obéiraient ! persiflai-je avec hargne.

— Tiens ! s'exclama haut et fort Mathieu qui m'avait repérée sur le banc. Voilà Mimi la petite grenouille !

Il s'avança avec nonchalance vers moi et vint poser un bras possessif sur mes épaules.

— Salut, mec, ça va ?

Il tendit son poing à Thomas pour un check.

— Veux-tu arrêter de m'appeler comme ça, je te prie ? Tu n'en as aucun droit, M.a.t.h.i.e.u !

Je dégageai son bras sans ménagement et le poussai sur le côté. L'intéressé grimaça quand il entendit prononcer son prénom de baptême, alors qu'il exigeait de tous qu'on l'appelle Matt. Il replaça son bras sur mes épaules sans tenir compte de mes protestations.

— Eh ben ! Toujours de mauvais poil, on dirait ! Tom, t'aurais dû voir la crise d'hystérie qu'elle nous a fait dimanche en nous apprenant ton voyage en Allemagne ! C'était cosmique !

— Je n'ai pas fait de crise d'hystérie ! Ne dis pas n'importe quoi !

Je glissai un regard embarrassé à Thomas qui nous fixait avec un sourire narquois.

Mathieu leva les mains et recula d'un pas comme si j'étais devenue radioactive.

— Non ! Bien sûr ! Toi qui n'es que gentillesse, amour et sympathie…

Il nous quitta sur un clin d'œil complice à Thomas.

Instantanément, ma fureur se déclencha comme une tornade.

— Je SUIS Gentillesse, Amour et Sympathie, figure-toi ! Tout le monde pense ça de moi ! Sauf toi, qui es un être attardé et un retardé congénital !

Ce n'est qu'en prenant conscience de l'inhabituel silence de la patinoire, que je compris que j'avais hurlé ces dernières paroles et que tous les patineurs s'étaient arrêtés pour m'observer.

Matt entama une retraite stratégique, l'air plus satisfait que jamais. Il envoya un signe de tête à Thomas et partit rejoindre les hockeyeurs rassemblés dans le hall du bâtiment, où une grande baie vitrée permettait d'y admirer les patineurs. Autant dire qu'absolument personne n'avait loupé mon esclandre.

Confondue de honte, je me précipitai sur la piste et enchaînai les tours pour évacuer ma rage et cacher mes larmes.

Mathieu

— Tu es content de toi ? me demanda Sacha.

Je ne pus cacher à mon ami l'énorme sourire qui fendait mon visage.

— C'est tellement facile de la faire sortir de ses gonds !

Sacha et les autres tournèrent leur regard vers la patinoire où Thomas et Myriam avaient rejoint leur coach.

— Sauf que c'est moi qui vais prendre quand elle ira se plaindre à ma mère !

— Arrête, ta mère te pardonne tout !

— Sauf quand on touche à Mimi la grenouille !

— Hey ! Je ne lui ai rien fait ! me défendis-je en levant les bras comme un criminel.

— T'as intérêt ! Vous avez tous intérêt d'ailleurs ! menaça Sacha en se tournant vers ses coéquipiers. Je vous avertis que si je surprends l'un de vous tourner autour d'elle, je le vire de l'équipe ! C'est clair ? C'est elle ou moi. Myriam est ma jumelle et, croyez-moi sur parole, vous n'aimeriez pas nous avoir ensemble dans vos vies !

Et en tant que capitaine de l'équipe Sacha ne plaisantait vraiment pas. Nous regardions tous nos chaussures, nous pouffions et évitions son regard.

Cependant, un mouvement capta notre attention sur la glace. Myriam était une nouvelle fois tombée des bras de Thomas et se massait comiquement les fesses. Un éclat de rire général nous gagna tous.

— Ouais en même temps, je crois que je peux dormir sur mes deux oreilles, railla Sacha en nous poussant vers la sortie.

Ce soir-là, je quittais la patinoire plus tard que d'habitude. Je sortais d'un rendez-vous important avec mon coach au sujet de mon avenir. J'avais candidaté pour intégrer le circuit universitaire canadien, le rêve de ma vie.

J'attendais leur réponse et il me tardait d'être fixé sur mes nouveaux objectifs. Un sourire rêveur ne quittait pas mes lèvres quand le bruit feutré de patins filant sur la glace retint mon attention.

Les cours étaient finis depuis longtemps. Il n'y avait plus que quelques retardataires du club de patinage. Mon regard fut aussitôt attiré par la silhouette fluette de Myriam. Elle semblait si abattue ! Une camarade tentait vainement de la porter à bout de bras pour lui faire travailler son levée main à main en position Star. Mais ni l'une ni l'autre ne parvenait à tenir. Elles s'effondraient à terre dans des cris de filles frustrées.

Je réprimai un rictus et claquai ma langue avec impatience. Je n'avais aucune raison de me sentir concerné, mais ça m'agaçait de la voir galérer comme ça. J'avais beau prendre un plaisir dingue à la chambrer, je n'aimais pas voir son petit visage de poupée se tordre de tristesse.

Ce fut donc avec un grognement de frustration que je fis marche arrière alors que je poussais les lourds battants de la sortie.

J'ouvris mon large sac de hockey d'un geste sec et en sortis mes patins que je chaussai avec fébrilité.

Myriam

Je retins avec difficulté le cri de contrariété qui m'habitait alors que depuis plus de vingt minutes, j'essayais de me soulever dans les airs. Une amie du club avait proposé de m'aider à fixer ma position. Mais elle avait beau faire, elle échouait à chaque tentative de peur de flancher sous mon poids !

Alors, quand je vis la silhouette massive de Matt glisser vers moi, de cette démarche que je reconnaîtrais entre mille, je grinçai littéralement des dents.

Il ne manquait plus que lui ! Je n'étais pas d'humeur à le supporter ! S'il venait pour me chercher il allait me trouver !

Toutefois, bien que remontée à bloc, je ne pus m'empêcher d'admirer son style de glisse, comme à chaque fois que mon regard tombait sur lui. Grand et athlétique, il patinait avec décontraction sur ses guiboles arquées comme celles de Lucky Luke. Avec ses cheveux en bataille, châtain foncé et ses yeux couleur chocolat, il était vraiment craquant. Et bon sang ! Que ça me coûtait d'admettre ça, car il était un vrai connard avec moi.

— Qu'est-ce que tu veux ? C'n'est pas le moment !

— Salut, Matt ! gazouilla ma traîtresse d'amie.

Il lui rendit son salut d'un air indifférent et détailla mon corps avec concentration.

— Je vais te porter. Ta copine n'y arrive pas.

Ma mâchoire en tomba à terre, littéralement.

— Je te demande pardon ?

Il soupira d'ennui.

— Je vais le faire ton porté.

Un voyant rouge s'alluma dans mon cerveau. À moitié honteuse, à moitié scandalisée, je me raccrochai bien vite à la colère pour lui répondre.

— Tu vas faire mon porté ? dis-je en écho avec un air de pur ahurissement. Pardon ? Mais je ne crois pas t'avoir demandé quoi que ce soit ?

— Ce n'est peut-être pas une mauvaise idée…, murmura Mélanie qui dévorait Matt des yeux.

Je tournai un regard choqué vers mon amie.

— Il n'en est pas question ! Je n'ai pas besoin de lui !

— Ben… si…

— Non, Mél ! C'est totalement exclu !

Matt assistait à cet échange les bras croisé avec un air d'ironie.

— Non, mais regarde-le comme il est content, comme il jubile ! Tu ne l'as jamais entendu se payer ma tête avec mon frère ! Jamais de la vie, je ne lui donnerai l'opportunité de me ridiculiser.

— Excuse-moi, princesse Mimi, mais pour ça, tu n'as pas besoin de moi.

Mon visage se décomposa et se couvrit de rouge en une fraction de seconde.

— Va-t'en ! Immédiatement !

Et alors que Matt dépliait ses bras d'un air vaincu, Mélanie s'interposa.

— Attends, attends ! S'il te plaît ! Il faut remettre les choses en perspective. Myriam, tu veux concourir aux championnats régionaux ? C'est bien ça ?

J'approuvai en grognant.

— Bien. Ton partenaire est absent pour trois semaines. C'est bien ça ?

Je conservai un silence obstiné.

— C'est bien ça ? ajouta Mélanie en cherchant à capter mon regard.

— Oui ! criai-je excédée.

— Et tu conviendras que je n'arrive pas à te porter…

Je faisais des signes négatifs de la tête comme si la seule idée d'envisager l'aide de Matt était une punition.

— Je crois que dans ces conditions tu n'as rien à perdre à faire un essai avec lui, non ?

Je continuais mon mouvement et serrais nerveusement mes bras contre ma poitrine.

Mathieu

Dans un geste aussi rapide que précis, je la surpris en la saisissant aux hanches. D'un seul mouvement je la tins au-dessus de ma tête tout en tournant sur moi-même. Elle retint un hoquet d'indignation en cherchant à dégager la prise de mes mains sur elle, mais en vain.

— Alors, lui demandai-je d'un air taquin en la maintenant dans les airs. Deal ?

— Repose-moi !

— Mauvaise réponse…

Mélanie pouffait bêtement en observant la scène. Myriam lui envoyait des œillades assassines.

— J'attends.

— Je ne patinerai pas avec toi.

Une expression railleuse dans le regard, je commençai à glisser en marche arrière. Les cheveux noirs de Myriam volèrent au vent et dégageaient son joli visage.

— Trop tard. On patine déjà, tu vois !

— Mathieu, je ne plaisante pas ! Repose-moi, maintenant !

À force de gesticuler et de se contorsionner comme elle faisait, j'allais bien finir par la faire tomber ! Je soupirai en m'immobilisant.

— C'n'est pas possible d'être aussi têtue ! Et c'est Matt, pas Mathieu !

Tout le monde m'appelait Matt, même ma mère, c'était dire. La seule personne qui m'appelait Mathieu, c'était mon père et je n'avais aucune envie qu'on me le rappelle.

Dans le mouvement que je fis pour la poser à terre, je vacillai un instant pour la remettre d'aplomb. Nos yeux se soudèrent une demi-seconde de trop. Mes prunelles chocolat se fixèrent dans ses iris bleu glacé. Elle déglutit avec difficulté, tandis que je me raclai la gorge en grimaçant. C'était quoi ça ?!

— Tu fais une connerie, Myriam ! Tu vas le regretter, dit Mélanie qui fit claquer ses bras contre ses flancs.

— Laisse tomber ! Elle est bouchée à l'émeri.

Je quittai immédiatement la patinoire et filai comme une flèche sur la glace, plus chamboulé que je ne voulais bien me l'avouer.

Myriam

L'entraînement suivant, j'étais d'une humeur maussade. Je boudais et rechignais aux exercices d'échauffement.

Toute la semaine, j'avais ressassé l'étrange proposition de Mathieu. Non, mais franchement, c'était à mourir de rire ! Lui en patineur artistique, quelle blague !

Ma coach me donna alors des consignes pour travailler mes figures. Mais j'avais beau faire, mon esprit vagabondait. Mon manque de concentration se ressentait sur mon travail.

— Myriam ! Applique-toi un peu !

Je soupirai en me ressaisissant. Mais pour mon plus grand désarroi, ce fut le moment que choisit l'équipe de hockey pour investir les gradins.

— Ton centre de gravité !

Je ne pus m'empêcher de glisser un coup d'œil vers les joueurs. Je le jurai sur ma vie, si l'un deux moufetait, je ferais un malheur.

— Myriam ! Tends-moi cette jambe !

Un rire dans le public attira aussitôt mon attention. Évidemment cela suffit à me déconcentrer et en un instant je perdis l'équilibre. Je me réceptionnai tant bien que mal sur les mains.

— Accroche ton regard au loin, bon sang !

— Allez, Mimi ! On est tous avec toi !

Mes joues se couvrirent de rouge en réalisant que ces encouragements venaient des hockeyeurs. Ils se payaient encore ma tête ! Mon corps se raidit d'un coup, je serrai fort mes poings le long de mes cuisses. Je n'avais vraiment pas la patience pour ces conneries !

D'un pas rageur, je me dirigeai vers les bancs. Alors que je m'asseyais pour défaire mes lacets, j'entendis la coach me héler. Je fis signe que je ne me sentais pas bien.

De toute façon, à quoi bon m'entraîner ! Je n'étais bonne à rien. Et sans Thomas, je ne faisais que tourner en rond. Autant rentrer chez moi.

Cependant, je n'avais pas calculé que pour rejoindre mon casier, il fallait traverser le troupeau de hockeyeurs.

— Qu'est-ce qui se passe ? s'inquiéta Sacha.

— Rien !

— T'es malade ?

— Oui !

Ma démarche furibonde suffit à contredire mes propos. À mon insu, Sacha échangea un regard perplexe avec Benoît. Celui-ci fit un signe d'apaisement en indiquant qu'il allait aux nouvelles.

— Bah ! On t'attend pour rentrer, si tu pars déjà ? demanda Benoît en s'adossant aux autres casiers.

— Pas la peine !

— Il est tard, ne sois pas bête !

— Pas besoin, je te dis !

Je jetais mes affaires dans mon sac avec une rage inhabituelle tout en faisant claquer la porte de mon casier à chaque geste.

— OK… Tu sais, il y a la salle de muscu pour te défouler, parce qu'à ce rythme tu vas exploser la porte…

Je me redressai d'un bond en me raidissant. Je refermai mon casier plus doucement, mais restai immobile devant.

— Tu n'as pas envie d'en parler ?

Je soupirai de dépit en captant la sollicitude dans la voix de Benoît.

— Comme si ça t'intéressait…

Il haussa les épaules et écarta les bras.

— Dis-moi de quoi il retourne, je te dirai si ça a de l'intérêt.

Je glissai un regard suspicieux vers lui.

— La dernière fois que j'en ai parlé, vous vous êtes tous foutus de moi !

Il fit une mimique d'incompréhension.

— Le départ de mon partenaire ! Le fait que je ne serai pas prête pour mon championnat ! Ça va, t'es content ?

Il leva les yeux au ciel d'un air ironique.

— Tu en fais toute une histoire…

— Ah ! C'est bon, je ne sais même pas pourquoi je perds…

— Ce que je veux dire, c'est que si c'était si important pour toi, tu arrêterais tes caprices de diva et tu accepterais l'aide de Matt.

— Quoi ? Qui t'a dit ça ?

— Ben lui ! Tu crois qu'il t'aurait proposé un truc pareil sans en informer Sacha ?

Je glissai alors un œil circonspect vers l'équipe et cherchai mon frère du regard. Mais ce ne fut pas celui-ci que je trouvai, ce fut celui couleur chocolat qui me fixait avec contrariété.

— Pourquoi il m'aiderait, hein ?

Benoit soupira en rigolant.

— Myriam… Pour nous, t'es une sorte de petite sœur casse-couilles, tu vois ? On adore te chambrer, c'est vrai. Mais on n'éprouve aucun plaisir à te voir si malheureuse.

— Petite sœur casse-couilles ! Sérieusement ? Je suis née deux minutes après Sacha !

— Ah ! Tu vois ce que je veux dire ! éluda-t-il avec un sourcil en circonflexe.

— Je rêve ! Comme si je n'avais pas déjà assez d'UN frère enquiquineur !

Il passa un bras autour de mon cou et me fit une clé de tête affectueuse.

— Allez ! Tête de mule ! Dépêche-toi d'aller présenter ton partenaire provisoire à ta coach !

Je levai les yeux au ciel et croisai les bras sur ma poitrine d'un air buté.

— Et tu veux vraiment nous priver du plaisir de le tailler quand on le verra danser sur la piste avec toi ? susurra-t-il à mon oreille d'un air conspirateur.

Je levai très lentement la tête vers mon interlocuteur puis posai un regard sadique sur Matt.

Effectivement… vu sous cet angle !

En passant devant Matt avec mes patins sur l'épaule, je lui fis un signe de tête impérieux pour lui intimer de me suivre. Il me répondit en levant un sourcil, avec hauteur.

Je me retournai vers lui avec un claquement de langue impatient.

— Bon ! Tu viens où quoi ?

Mathieu

Son ton directif nous valut une pluie de sifflets admiratifs.

— Hey Matt ! C'est que tu te ferais déjà mener à la baguette !

— Dans ses rêves !

Je la suivis malgré tout. Toutefois, je repris de ma verve habituelle en arrivant sur la glace, où je la suivis en faisant le guignol pour le plus grand plaisir de mes coéquipiers.

— Si tu ne prends pas ça au sérieux, on arrête tout de suite ! s'écria-t-elle en pointant un index menaçant sur ma poitrine.

— Myriam ? Tu peux me dire ce qui se passe ? la héla Agnès, sa coach en patinage.

Elle me toisa pour me mettre au défi de faire encore le pitre.

— J'ai trouvé un partenaire pour remplacer Thomas, le temps de son voyage. Tu dois connaître Mathieu Lebrun, il est défenseur dans l'équipe de hockey.

— Un hockeyeur ? s'exclama Agnès d'un air dubitatif.

— Au moins, il sait patiner…

— J'ai peur que ça ne suffise pas, ma belle !

Agnès se tourna vers moi et m'étudia avec attention.

— Connais-tu au moins les figures de base ?

Je haussai les épaules et levai les yeux au ciel.

— J'en connais suffisamment, dis-je avec assurance. Avec les gars, on assiste à tous les cours depuis là-bas.

J'indiquai du doigt la baie vitrée du hall où nous nous rassemblions après chaque entraînement.

— Tu m'en diras tant !

Agnès croisa les bras et me défia de lui montrer mes talents. Je soupirai avec un soupçon de lassitude, mais m'exécutai : une boucle, un grand aigle et une pirouette assise.

— Je n'ai besoin de lui que pour m'exercer aux portés, Agnès ! intervint Myriam d'un air implorant. Il n'a pas besoin de savoir exécuter les figures…

Agnès sembla plonger dans une intense réflexion pesant le pour et le contre.

— C'est quitte ou double, ma grande. Un mauvais partenaire peut te faire régresser, voire carrément te blesser !

— Excusez-moi, les interrompis-je avec hauteur, mais je ne peux pas faire pire que Thomas. Avec lui, elle a plus souvent le cul sur la glace que dans les airs.

Une bouffée de chaleur et de honte lui colora les joues de rouge.

— C'est moi qui ne tiens pas mes positions, marmonna-t-elle avec gêne. Thomas n'y est pour rien.

— Si tu le dis !

— Très bien, mon garçon ! Puisque tu es tellement sûr de toi, montre-nous tes portés.

Je fixai Myriam pendant deux secondes puis me ruai sur elle, pour la faire décoller dans les airs. Je filai sur la glace à toute vitesse en la tenant d'une main au-dessous de ma tête. Elle ne put retenir un cri de surprise en se sentant happée dans le vent glacé.

— Arrête de faire le malin ! geignit-elle en se cramponnant tant bien que mal.

Je m'arrêtai brusquement dans une pirouette maîtrisée. Je lançai son corps svelte dans les airs pour la réceptionner dans mes bras.

— Ouche ! fis-je en la sentant tomber lourdement entre mes mains. Et moi qui pensais que les patineuses étaient gracieuses.

— C'est toi qui n'es pas gracieux. Tu m'as lancée comme un vulgaire sac de pommes de terre !

— Tu n'es qu'un poids mort ! Tu ne te retiens pas du tout.

— Ce n'est pas vrai ! Tu m'as prise par surprise !

— Je vais te prendre par surprise, moi, tu vas voir !

— Je t'interdis de poser tes sales pattes sur moi !

— Ben… va falloir t'y faire ! Je ne vais pas te porter avec des moufles, Princesse Mimi !

— Je n'aurais jamais dû accepter ton aide. C'était une idée totalement pourrie, de toute façon !

— Holà ! Holà ! Du calme, les enfants !

Agnès s'interposa entre nous et nous sépara d'un mètre.

— Moi, j'ai vu des choses intéressantes. Vous avez du potentiel tous les deux. Mais bon sang, Myriam ! Tu n'arriveras jamais à rien si tu refuses de faire confiance à tes partenaires !

— Quoi ? Mais c'n'est pas moi, c'est lui ! hurla-t-elle en me désignant avec mépris.

— Non, ce n'est pas lui. Son geste est sûr et il a confiance en lui. Ce qui n'est pas ton cas. Je suis d'accord pour l'intégrer au cours. Mais vous allez devoir vous entendre et vous faire c.o.n.f.i.a.n.c.e, nom d'un petit bonhomme !

Myriam

L'entraînement s'était poursuivi avec les explications détaillées des portés et de leurs technicités. Agnès posait les mains de Matt à la fois sur mon bassin, sur mes cuisses et mes fesses, afin qu'il prenne les repères nécessaires pour les prochains exercices.

J'étais au supplice. Les mains de Matt étaient si longues et si chaudes, que j'avais l'impression qu'il posait sa marque sur moi absolument partout.

Je réprimai des hoquets indignés quand je sentis qu'il en profitait pour pincer mes muscles. Je l'aurais giflé rien que pour le plaisir d'effacer ce sourire narquois de son visage rougi par l'effort.

Quand enfin, l'entraînement prit fin, je me ruai vers mon casier pour quitter au plus vite cet endroit de malheur. J'avais besoin de digérer tout ça.

« Ce n'est pas lui, le problème ! »

J'avais beau faire, les mots durs de la coach continuaient de résonner à mes oreilles. Je savais très bien que j'étais un cran en dessous de Thomas. Il avait plus de technique que moi !

Mais s'entendre dire qu'un débutant comme Matt avait plus d'assurance, ça, ça me dévastait !

— Attends ! entendis-je crier derrière moi alors que je poussai la lourde porte de la patinoire.

J'ignorai l'appel de Matt et poursuivis mon chemin. Mais celui-ci ne l'entendit pas de cette oreille et me rejoignit en quelques foulées.

— Attends ! Je te raccompagne !

— Non, merci ! Je rentre seule !

— Arrête ! Tes parents me tueraient !

Je m'immobilisai sur le trottoir et fixai sur lui des yeux furibonds.

— Je rentre toujours toute seule. Et d'une ! Et j'ai besoin de solitude. Et de deux !

Je repris ma route et j'allongeai mon pas pour le distancer.

— Tu sais, c'est quoi, ton problème ?

— Je n't'ai pas sonné.

— Elle a raison ta coach. En fait, tu ne fais pas confiance. À personne. Et surtout pas à toi-même !

— Laisse-moi tranquille !

— Ça ne te ferait pas de mal de lâcher un peu prise, tu sais ?

Je me mis à trottiner pour m'éloigner davantage. Mais c'était peine perdue. En deux grandes enjambées, Matt était à nouveau à ma hauteur.

— Tu te mets trop la pression !

— Lâche-moi !

— Qu'est-ce que tu veux prouver au juste ? À qui ? Et pourquoi ? T'as déjà tout ! T'es une super patineuse, une super élève à l'école, t'es mignonne, t'as une super famille…

Livide, je me retournai vers lui et m'avançai d'un air menaçant. Impressionné, il fit un pas en arrière.

— Une super famille, tu dis ? Tu parles ! Je n'existe pas à leurs yeux ! Il n'y en a que pour Sacha. J'ai parfois l'impression que mes parents auraient voulu avoir deux vrais jumeaux. Une parfaite reproduction de leur fils parfait !

— Tu dis n'importe quoi ! Tes parents sont fantastiques et ils t'adorent !

— Ah oui ? Tu les as déjà vus faire autant de cas pour le patinage que pour le hockey ? Tu les as déjà vus se pâmer devant mes copines comme ils le font avec toi et l'équipe de hockey ? S'ils pouvaient tous vous adopter, ils le feraient !

— Mais t'es carrément hallucinante ! T'as les meilleurs parents du monde et tu fais une crise de jalousie parce qu'ils ont le malheur d'aimer le hockey ?

— Non, ils ont le malheur d'avoir eu une fille !

— Mais t'es folle !

— Des fois, j'ai même l'impression que tu comptes plus à leurs yeux que moi…, dis-je avec des larmes aux bords des cils.

— Putain, Myriam, t'es cinglée ! Tu n'as absolument aucune idée, je dis bien aucune idée, de ce que c'est que de ne pas être désiré dans une famille ! Mon père a viré ma mère quand j'avais huit ans parce qu'elle se tapait le voisin du dessous. J'ai grandi dans un HLM minable avec une kyrielle de beaux-pères qui m'ont imposé leurs enfants soi-disant comme « des frères et des sœurs ». Mon père a refait sa vie avec une femme qui avait deux enfants plus petits et à qui il s'est consacré à cent pour cent. Et moi ? Moi, j'étais balloté d'une maison à l'autre, d'une semaine sur deux, sans jamais avoir de chambre attitrée ou de vrai foyer. Tes parents sont ce qui se rapproche le plus de ma conception de la famille, Myriam. Ils m'ont plus aimé, encouragé et soutenu que ne l'ont jamais fait mes putains de géniteurs. De sales égoïstes qui m'ont laissé de côté comme un boulet qu'on traîne dans une nouvelle vie. Ça, c'est ne pas être désiré !

Je le dévisageai comme si je ne l'avais jamais vu. Et d'une certaine manière, c'était le cas, car je ne m'étais jamais imaginé qu'il vivait dans de pareilles conditions. Soudain honteuse de me montrer si capricieuse par rapport à son vécu à lui, je baissai les yeux vers mes chaussures.

— Je suis désolée… Je n'en avais aucune idée.

Il passa une main dans sa tignasse en tirant nerveusement son cuir chevelu.

— T'as pas à l'être.

Lui aussi semblait gêné de s'être livré ainsi. Il soupira.

— Est-ce que tu aimes patiner au moins ? demanda-t-il d'un air las.

— Quoi ?

— Tu patines pour toi ou pour impressionner tes parents ?

— Pour moi !

— Alors, ne pense plus qu'à ça. C'est ce que je fais avec le hockey. C'est ma soupape de sécurité, ma porte de sortie, mon oxygène. Quand je suis sur la glace, j'oublie la vie de merde que mes parents m'ont imposée. Quand je patine, je me fous de tout. Fais-en autant !

Je soutins un moment son regard puis dans un soupir, opinai du chef. Nous fîmes le reste du chemin dans un silence pensif.

Au fait ? Je n'avais pas rêvé ? Il avait bien dit que j'étais mignonne, non ?!

Mathieu

Le dimanche suivant, nous nous retrouvâmes à la patinoire une heure avant la fermeture pour nous entraîner encore.

— Ferme les yeux et fais le vide, lui dis-je, mon index pointé entre sur son front. Ne pense qu'à ta glisse.

— Humm… humm… oui, grand maître zen !

— Rigole tant que tu veux, mais c'est un préparateur mental qui nous a conseillé de faire ça avant les matchs !

— Ça ne doit pas être compliqué pour toi…

— De quoi ?

— De faire le vide, ta tête l'est déjà ! pouffa-t-elle les yeux toujours clos.

— T'es qu'une garce !

Je lui pinçai le ventre en représailles. Elle se plia en deux et éclata de rire. Avant de fuir, elle me donna un coup de coude dans les flancs.

— Aïe ! couinai-je en me reculant.

— Quoi ?

— Hier au match, je me suis fait projeter contre les vitres. Ce mec était une vraie armoire. Regarde ce qu'il m'a fait.

Je soulevai mon maillot. Elle s'écria de frayeur en examinant l'énorme bleu violacé qui s'étalait sur mes côtes.

— Ouche ! Ça doit être douloureux… dit-elle avec une lueur diabolique dans le regard. Là ? C'est là, hein, que tu as mal ?

Elle enfonça son index dans mes obliques, je geignis en me tordant de douleur.

— File ! Taille-toi et vite parce que si je te rattrape, petite peste, tu vas passer un sale quart d'heure.

Et ce fut ainsi que commença notre échauffement. Elle patinait à toute allure afin de m'échapper en s'égosillant de rire. En jetant un coup d'œil derrière elle, pour évaluer ma position, elle me décocha un sourire solaire dont elle avait le secret. Réflexion faite, notre discussion à cœur ouvert semblait avoir crevé l'abcès entre nous deux.

Finalement, elle s'était peut-être rendue compte que je n'étais pas ce garçon limité qu'elle pensait que j'étais. J'étais loin d'être superficiel malgré ma popularité de hockeyeur vedette.

Il ne me fut pas possible de réfléchir davantage, car j'arrivai à sa hauteur. Je la saisis à la taille et me laissai tomber sur le dos. Elle s'effondra sur moi en criant et riant. Prisonnière de mes bras, je la criblai de chatouilles sous les bras.

— Arrête ! Pitié ! Arrête, implorait-elle en rampant sur la glace pour m'échapper.

— C'est qui le plus fort ?

— …

— Je n'entends pas ? m'impatientai-je en la chatouillant de plus belle.

— C'est toi, c'est toi, c'est toi…, admit-elle en se tordant de rire.

Allongé à même le sol gelé, je la dominais, appuyé sur mes avant-bras, un énorme sourire aux lèvres, alors qu'elle luttait contre les derniers soubresauts de rire.

Petit à petit, notre joie s'apaisa. Nos yeux se soudèrent. Un étrange malaise se glissa entre nous. Je clignai des yeux, elle se racla la gorge.

— On devrait y aller…, suggéra-t-elle avec gravité.

— Mouais, t'as raison.

Nous nous levâmes avec souplesse, un peu gênés quand même.

Myriam prit alors les rênes et m'invita à me positionner derrière elle, une main sur sa hanche pour la guider.

— OK. On y va doucement. On fait un tour puis tu me retournes et tu me lèves en position Star.

— Let's go !

En revenant sur le terrain connu des figures à réaliser, notre gêne s'évanouit comme neige au soleil.

Nous passâmes l'heure à travailler des transitions compliquées. Son manque de confiance la faisait vaciller au moment crucial. Nous nous retrouvions alors à terre ensemble. J'accompagnais toujours sa chute afin d'en atténuer le choc.

— Tu n'as pas à faire ça ! Tu sais, j'ai le cuir dur, me grommela-t-elle au bout de notre dixième chute. C'est même un peu vexant que tu me rattrapes à chaque fois.

— OK. Excuse-moi de te sauver les miches. Je ne savais pas que tu adorais t'éclater la tronche à terre !

— Non, ce n'est pas ça ! Mais il n'y a pas de prévenance entre partenaires, tu comprends. On est des sportifs. On tombe, on tombe, on se relève. J'imagine que personne ne vient t'aider au hockey.

— Ouais, j'imagine… Mais n'empêche ! Ça m'a toujours choqué que Tom t'abandonne à terre quand tu te vautres. Il a sa part de responsabilité ! S'il n'a pas gagné ta confiance, il doit quand même un minimum s'interroger…

Myriam resta un moment pantoise devant ma réflexion qui ne manquait pas de jugeote. Elle avait sûrement toujours considéré que le problème venait d'elle. Mais peut-être qu'à juste titre, elle ne se sentait pas assez en confiance avec lui pour se lâcher totalement.

— Hum, répondit-elle en jouant avec les petits cheveux de son chignon. Pour être honnête, je ne suis pas certaine d'avoir confiance en toi non plus.

— C'est toi qui es vexante cette fois-ci ! Est-ce que je t'ai laissée tomber une seule fois pendant la séance ?

Elle devait bien reconnaître que non.

— Ben tu vois !

J'avais mis mes mains sur mes hanches en claquant ma langue contre mon palais. Elle ne put s'empêcher de rire. J'avais un certain don pour faire le pitre.

— OK. Tu sais quoi ? Tu vas imaginer que je suis ton lit.

— Hein ?

Elle était trop mignonne avec ses joues qui viraient au rouge !

— Arrête de fantasmer, coquine ! Imagine seulement que je suis un matelas moelleux et que tu rêves de plonger dessus, OK ?

Elle rigolait encore tandis qu'elle fermait les yeux. Elle s'obligea cependant à faire le vide dans son esprit. Comme je le lui avais demandé, elle fit apparaître devant elle un épais matelas ultra confortable, blanc comme une plume d'oie.

Un.

Deux.

Trois.

Elle ouvrit les yeux, expira l'air de ses poumons et prit son élan. Elle sauta dans mes bras, je la portai au-dessus de ma tête. Elle se positionna en main à main en une seconde et tendit les jambes pour former la figure Star.

— Je l'ai ! Putain, Mathieu ! Je l'ai !

Finalement, je réalisai à quel point j'aimais l'entendre prononcer mon prénom en entier !

Myriam

Les jours suivants furent particulièrement satisfaisants. C'était simple, j'avais eu un vrai déclic.

Agnès m'encouragea à poursuivre mes efforts, car les figures et les transitions s'enchaînaient avec de plus en plus de fluidité.

Nous formions un couple assez détonnant sur la glace. Matt patinait tout en puissance et en vitesse, mais sans faire aucun effort quant à la grâce de ses mouvements. Il devait considérer que c'était une atteinte à sa virilité.

Toutefois ce défaut était compensé par ma danse, car en gagnant en confiance, je peaufinais davantage mes positions.

Il y avait un côté « La Belle et la Bête » dans notre patinage. Il se dégageait une forme d'harmonie dans notre dysharmonie.

Ce qui frappait le plus les spectateurs, c'était notre complicité. Nous étions complémentaires : la force et la grâce, la puissance et la douceur. Notre programme était plaisant à regarder.

Ce qui n'échappa pas aux coéquipiers de Matt, qui ne rataient aucun de nos entraînements.

— Hey Candeloro ! Tu nous fais un double piqué ?

Des rires gras accueillaient ces commentaires sous le regard courroucé de la coach qui n'appréciait pas leurs interventions.

— Vous êtes priés de vous taire, Messieurs. Autrement je serai contrainte de vous faire évacuer !

Je me cachai contre le torse de Matt pour rire discrètement. Je n'étais plus du tout gênée par la présence des hockeyeurs. D'une certaine manière, ils m'avaient intégrée à leur groupe.

Ils avaient même exigé de moi que j'assiste à leur compétition du week-end, ils prétendaient que je leur portais bonheur. Moi qui avais toujours détesté être obligée d'accompagner mes parents aux matchs de mon frère, j'y venais de bonne grâce. Pire que ça avec un plaisir non dissimulé !

Lors de leur dernière rencontre à domicile, alors qu'ils avaient remporté la victoire, ils m'avaient portée aux nues et avaient scandé mon nom dans la patinoire.

Mimi ! Mimi ! Mimi !

Cette toute nouvelle popularité auprès des garçons les plus convoités du lycée réparait mon ego malmené par des années de guérilla puérile dirigée par Sacha et son meilleur ami.

Aujourd'hui, les choses avaient totalement changé. Les hockeyeurs m'attendaient après mon entraînement. Je les retrouvais dans le hall où ils me faisaient des retours tout à fait intéressants et constructifs.

C'est pourquoi je prenais leurs boutades avec plus de légèreté qu'auparavant. J'étais dans une nouvelle forme de réussite dans mes sauts et mes portés. Cela me donnait une confiance toute nouvelle aux yeux des garçons. J'appréciais qu'ils portent sur moi un regard admiratif et positif. Cela me faisait un bien fou !

De ce fait, je n'avais plus seulement à essuyer les boutades de mon frère et de son meilleur ami, mais aussi de l'équipe au complet.

Alors que nous sortions de la patinoire en troupeau, j'avais toujours un bras protecteur d'hockeyeur sur mes épaules : Mathis, Benoît, Anthony, Gaby et j'en passe !

— Je te rappelle que Sacha a dit « pas toucher », marmonnait Matt d'un air grincheux.

— Dis le mec qui passe son temps à lui peloter les fesses ! répliquait Anthony.

— C'est pour les portés, Ducon.

— Han ! L'excuse ! Hey, Sacha ! À lui, tu ne lui dis rien ? Il a le droit de laisser traîner ses mains sur ta sœur ?

Il m'était impossible de ne pas prendre de plaisir à ces échanges machos et amicaux à la fois.

— J'n'ai pas à m'en faire avec lui ! Mimi le déteste depuis toujours, hein Mimi ?

Je ne pus m'empêcher de rougir et de pouffer bêtement.

Mathieu

Je reniflai avec mécontentement tandis que je m'éloignai de quelques pas.

— Ouais… elle ne dit pas toujours ça…

— Qu'est-ce que tu dis ? demanda mon meilleur ami.

— Rien !

J'en avais ras la casquette de les voir tourner autour d'elle comme les abeilles autour du miel ! J'avais l'impression que les yeux de mes coéquipiers s'étaient enfin dessillés sur Mimi, alors que ça faisait des lustres que j'avais remarqué à quel point elle était jolie !

Et pour couronner le tout, elle minaudait ! Elle minaudait comme une greluche ! Elle avait toujours traité les hockeyeurs d'abrutis finis, mais maintenant qu'elle avait du succès, elle se pavanait au bras de tous ! Et grâce à qui elle réussissait ses portés ? Grâce à moi ! C'était moi qui l'avais fait sortir de l'ombre. Et c'était à eux qu'elle adressait ses plus beaux sourires !

Merde. Merde. Merde.

Si Sacha n'avait pas mis son veto, et si elle ne le détestait pas autant, j'aurais tenté ma chance depuis longtemps.

Mais j'étais loyal envers mon meilleur ami. Et Dieu savait que c'était dur, car elle avait beau dire, après plus de quinze jours, notre relation avait beaucoup évolué. Et j'étais certain qu'elle ne me détestait plus du tout.

— Alors Princesse Mimi ? Pas trop triste sans ton harem ? l'accueillis-je le dimanche suivant pour notre entraînement libre.

Elle s'immobilisa et prit le temps de répondre.

— Tu sais que je t'observe…

— Et…

— Et je pense que tu es jaloux.

— N'importe quoi, Princesse ! Tu fantasmes. Il t'en manque un à tes pieds, alors tu rêves éveillée !

— OK… Tu ne verras donc pas d'inconvénient à ce que je sorte avec l'un d'eux.

— Pff, je croyais qu'ils puaient tous comme des boucs ! Tu as toujours dit qu'on te dégoûtait.

— Quand vous ne traînez pas autour de vos sacs répugnants, vous sentez plutôt bon… Hormis toi évidemment.

Elle me taquinait, mais je n'arrivais plus à plaisanter. Elle m'énervait à me mettre au défi comme elle faisait. Déjà que j'avais les nerfs en pelote.

— T'as intérêt à vite déguerpir, parce que si je t'attrape…

Il n'en fallut pas plus à Myriam pour filer à toute vitesse sur la glace, plus heureuse que jamais que je la poursuive. Je la soupçonnais d'attendre avec impatience ce moment de la semaine : arriver sur la glace pour me taquiner. C'était devenu un rituel. Elle me balançait une vacherie et elle détalait pour que je la rattrape. C'était notre manière de nous échauffer.

Mais la traque devint plus sérieuse quand elle surprit la lueur déterminée et intense dans mon regard. Au bout d'un tour de piste, je la bloquai dans un virage contre la vitre.

— Alors ? la dominai-je en la plaquant de tout mon corps contre le mur. Quelque chose à dire à propos de mon parfum ?

Elle fit une grimace comique en pouffant.

— Tu sens une odeur de gel douche pas viril, c'est… Ah… beurk !

Elle me tira la langue et éclata de rire devant ma mine déconfite. En représailles, je lui tins fermement les poignets au-dessus de la tête.

— Petite peste. Tu vas voir, si je ne suis pas viril, bredouillai-je en appuyant mon bassin contre elle.

Elle réprima un hoquet choqué en me sentant me presser contre elle. Elle adorait nos prises de bec et nos chamailleries, j'en étais sûr !

Mais cette fois-ci, elle dut percevoir un changement chez moi car je lui fis perdre son sourire. Je raffermis ma prise sur ses poignets.

— Aïe ! Tu sers trop fort.

Aussitôt je me raidis. J'expirai l'air de mes poumons et détendis légèrement ma prise. Je ne voulais pas lui faire de mal, tout au contraire ! Ma respiration était toujours aussi haletante et mon regard aussi intense.

Je la surpris alors que j'entrelaçai mes doigts aux siens. Elle se contracta en sentant la caresse de mes phalanges. Puis comme par magie, elle se détendit telle une guimauve contre mon corps. Mon regard devint plus tendre, plus doux. J'avais une envie dingue de l'embrasser !

Myriam

Je vis ses lèvres devenir plus roses et plus gonflées tandis qu'il fixait les miennes avec insistance.

Est-ce qu'il allait vraiment m'embrasser ?

En une fraction de seconde, je me repassai le film de notre vie. Nos rencontres à la patinoire quand j'accompagnais mes parents aux matchs des poussins.

Les rencontres inopinées dans le couloir de la maison quand il quittait la chambre de Sacha.

Les repas du dimanche. Les insultes qui fusaient. Les taquineries.

La première fois qu'il avait posé les mains sur moi, ici même sur cette patinoire.

Et maintenant, ce moment. Cette étincelle dans les yeux de Matt. Ce désir que je lisais très clairement.

La certitude que c'était ce que je désirais depuis le moment où il m'avait soulevée par les hanches pour me porter au-dessus de sa tête.

Sur une impulsion, je me hissai sur la pointe de mes lames pour aller à la rencontre de sa bouche…

— J'étais sûr qu'on allait te trouver là ! s'exclama Benoît qui dévalait les gradins à toute vitesse, Sacha sur ses talons.

— Putain ! bégaya Matt qui se recula vivement comme s'il s'était brûlé à mon contact.

— Qu'est-ce que vous faisiez ?

— On testait une chorégraphie.

— Oh mon gars, ça vaut de l'or d'entendre le mot « chorégraphie » dans ta bouche, s'esclaffa Sacha.

— Ah tant mieux ! Parce que de là où on était, on avait l'impression que tu lui roulais une pelle ! remarqua Benoît avec un sourire en coin.

— T'as mal vu !

J'étais incapable de proférer un son, encore sous le choc de ce qui avait failli arriver. J'avais manqué de l'embrasser et tout mon corps réclamait ce baiser douloureusement. Je pressai mes bras contre ma poitrine. J'avais froid maintenant qu'il n'était plus près de moi.

— Qu'est-ce que vous faites là ? demanda Matt.

— On vient te chercher. On va boire un coup chez Gaby. Son père a reçu la voiture qu'il lui offre pour ses dix-huit ans. Il l'arrose.

— On n'a pas fini.

— Allez, implora Benoît. Faites une pause. Vous bossez comme des damnés. On ne te voit même plus, Matt. T'es toujours ici.

Je ne pus m'empêcher de rougir. Il n'y avait aucune raison pour cela. Mais je me sentais touchée qu'il renonce à son temps libre pour moi.

— Allez, venez ! T'es invitée aussi Mimi !

Je glissai un regard soupçonneux à mon frère, mais celui-ci me sourit avec bienveillance. Oui. Décidément les temps avaient bien changé. Je faisais bien partie de l'équipe maintenant.

En arrivant chez Gaby, je n'avais toujours pas atterri. J'avais l'impression d'avoir pris un train en pleine poire.

Matt…

Je haussai les épaules en me morigénant : « Mathieu », me dis-je avec ironie. Avais-je oublié les moqueries, les quolibets et son horrible condescendance envers mon sport ?

Peut-être. Sauf qu'en l'occurrence c'était le seul à s'être proposé de m'aider, me souffla la voix de ma conscience. Et personne d'autre.

Pour la énième fois, je glissai un regard torve vers lui. Depuis que nous avions quitté la patinoire en compagnie de mon frère et de Benoît, il s'était appliqué à m'ignorer complètement.

Une raison de plus pour oublier ce qui avait failli se passer, me tançai-je. Il ne m'avait jamais regardée autrement que pour se moquer de moi. Sinon, il avait pour moi une indifférence royale. Je devais garder cela en tête, autrement je deviendrais cinglée, parce qu'imaginer une amourette entre nous deux était du délire pur et simple !

Heureusement que je pouvais compter sur le soutien de l'équipe, car dès mon arrivée, je fus happée par une paire de bras puissants qui me souleva de terre.

— Ah ! Voilà enfin la reine de la soirée, s'exclama Tony.

Une horde de hockeyeurs m'entoura. Les garçons rivalisaient d'idées pour capter mon attention et me faire rire. Cette diversion était la bienvenue, car elle me permit de chasser Mathieu de mes pensées.

La soirée se déroula ainsi dans une joyeuse camaraderie jusqu'à ce qu'un mouvement vers l'entrée fasse taire les conversations. J'écarquillai les yeux de surprise en voyant Thomas. Bon sang ! Les trois semaines étaient déjà écoulées ! Je ne les avais même pas vues passer !

Mathieu

— Alors, mon pote ? T'es de retour ? l'accueillit Gaby en lui tapant sur l'épaule.

Thomas acquiesça et se lança avec enthousiasme dans le récit de son séjour en Allemagne. Quand il distingua Myriam dans la foule, il vint la saluer.

— Prête à reprendre l'entraînement ?

— On l'a chouchoutée ta partenaire pendant ton absence, se vanta Tony en passant son bras sur les épaules de Myriam.

— Ah ouais ? s'étonna Tom.

— Matt s'est occupé d'elle. Une vraie championne maintenant.

— Tu m'en diras tant… murmura-t-il en plissant les yeux vers moi avec un sourire narquois qui m'horripila.

— Ouais, confirmai-je d'un air revêche. Et comme avec moi, elle réussit ses sauts, je te garde à l'œil. Tu auras affaire à moi si tu la laisses tomber !

Mon corps était raide comme un piquet depuis que Tom était arrivé à la soirée. Je n'avais pas vu le temps passer, bordel ! Et le retour du partenaire officiel de Myriam me faisait l'effet d'une douche froide.

— Eh, du calme, l'homme des neiges ! temporisa Tom en levant les mains. Je ne vais pas lui faire de mal à ta Poupée.

— Euh… les gars… je ne suis la Poupée de personne, murmura-t-elle d'un air gêné.

— Seulement la mienne ! s'exclama Tony qui raffermit sa prise sur ses épaules.

Des rires gras accueillirent cette sortie et le reste de la soirée se passa sans encombre.

Depuis une semaine qu'ils patinaient à nouveau ensemble, Myriam s'était ramassé les fesses par terre au moins une trentaine de fois. Pourquoi n'arrivait-elle pas à effectuer correctement ses sauts avec Tom ? Bon sang ! Ça n'avait pas de sens ! On avait répété ces mouvements un millier de fois !

Visiblement honteuse, elle glissait un coup d'œil à la grande baie vitrée où nous l'observions comme à l'accoutumée. Et son joli visage se chiffonna à la vue de nos mines désolées et déconfites. Je demeurais impassible, les poings serrés contre la vitre. Mais bon Dieu que j'avais envie de descendre pour secouer Tom comme un prunier !

Myriam

Je stressais à l'idée que Matt intervienne sur la glace et cette perspective me glaçait de terreur. Je l'avais senti si agressif envers mon partenaire à la soirée de Gaby ! Et s'ils en venaient aux mains ?

Cette idée me dégoûta tant que je me secouai pour me relever.

— Je suis désolé, Myriam, je dois être un peu rouillé…

— Non, ce n'est pas toi… je ne sais pas… je n'arrive pas à prendre mes marques…

La vérité était que j'avais un complexe d'infériorité envers Thomas. Il était excellent patineur. Vraiment. Et immanquablement je me sentais indigne de lui. Cela m'inhibait complètement.

— Recommençons, tu veux ?

L'entraînement s'acheva sur un puissant goût d'insatisfaction. Moi qui étais si fière de mes progrès avec Matt ! Je me retrouvais au point zéro.

— Myriam, me tança Agnès. Peux-tu m'expliquer ce qu'il se passe ? Je ne te reconnais plus du tout !

— Je ne sais pas. Je…

— Moi je sais ! tonna une voix grave derrière moi.

Je sursautai quand je croisai le regard furieux de Matt qui s'avançait sur Tom d'un pas déterminé.

— Je t'avais promis mon poing sur la gueule si tu la faisais tomber, connard !

Agnès s'interposa *in extremis* avant qu'il ne mette sa menace à exécution.

— Enfin, Matt ! Tu es fou ?! tonna-t-elle.

— T'es cinglé, mon pauvre ! Va te faire soigner ! proféra Tom en s'avançant vers lui pour le repousser avec violence.

— C'est toi qui vas te faire soigner, si tu lui fais encore mal !

— Matt !

Je plaçai mes deux mains contre son torse et le caressai doucement pour l'apaiser.

— S'il te plaît, arrête, implorai-je des larmes plein les yeux.

Mathieu

Ma colère s'évanouit comme neige au soleil en voyant le petit visage ravagé de la sœur de mon meilleur ami.

— Tu sais, mec ! continua Tom avec fureur. Je ne suis pas aveugle ! Tu en as après elle, c'est tout. T'es jaloux. Et tu sais, quoi ? Je n'en ai rien à foutre, parce qu'il n'y a strictement rien entre elle et moi. C'est ma partenaire. Point. Mets-toi ça dans ton fichu crâne de Neandertal ! Et ce n'est pas en la traînant par les cheveux dans ta grotte qu'elle t'appartiendra, débile profond !

Je devins livide tant les accusations de Tom me choquèrent. Je déglutis avec difficulté, puis coulai un regard d'excuse vers Myriam qui retenait difficilement ses larmes. Elle aussi était bouleversée.

Merde ! C'était plus qu'évident que je crevais de jalousie ! Déjà que le rentre dedans de mes camarades envers elle m'avait mis à cran. Maintenant Thomas !

Je venais juste de péter le pire câble de ma vie. Un intense sentiment de honte me submergea, car en quelques mots bien sentis, Thomas venait de percer à jour mon secret que je pensais bien gardé.

Je jetai un coup d'œil inquiet vers les tribunes, où mes potes m'avaient suivi en renfort. Ils m'observaient avec inquiétude et stupéfaction.

Putain.

Je passai une main tremblante dans mes cheveux et reculai d'un pas.

— Je pense qu'il est temps que tu t'en ailles, Mathieu, assena Agnès avec autorité.

J'acquiesçai en silence, me retournai et fendis la foule de mes coéquipiers sans accorder un regard à quiconque, et surtout pas à Sacha. Il allait me virer de l'équipe ! Pire que ça, je venais de foutre en l'air notre amitié ! Je n'arriverais plus à le regarder dans les yeux…

Myriam

Quinze jours.

Quinze jours s'étaient écoulés depuis le retour de Thomas et l'esclandre spectaculaire de Mathieu sur la patinoire.

Quinze jours que je ne l'avais pas vu.

Il ne s'attardait plus jamais après son entraînement de hockey. Il ne passait plus jamais voir Sacha chez nous. Il ne déjeunait plus avec nous le dimanche.

Il me manquait à tel point que je m'étais même abaissée à demander de ses nouvelles à mon jumeau.

— Laisse-le tranquille, Mimi, tu veux ? T'as assez mis la pagaille dans mon équipe comme ça, grogna-t-il avec hargne. Je les avais pourtant prévenus, ces abrutis. Pas de fille entre nous et encore moins ma sœur !

C'était on ne peut plus injuste de sa part, car je n'avais jamais rien fait pour mériter leur intérêt. Faire partie de leur groupe me comblait assez sans que j'ai besoin de flirter avec eux.

Concernant Mathieu, c'était autre chose. Je n'avais pas vu arriver le danger. Il n'avait jamais représenté autre chose qu'un poil à gratter désagréable. Je n'avais pas vu venir cette attraction si troublante.

Tous les soirs, je me repassais le fil de nos entraînements. Et j'étais capable de décrire avec exactitude le tracé de ses mains sur mon corps à chacun de nos portés. Ses sourires et ses rires raisonnaient encore dans ma tête à chacune de nos chamailleries.

Je grognai de frustration et de dépit sur mon lit. J'expirai longuement. J'essayai de me départir de ce sentiment de vide qui m'étreignait depuis deux semaines.

Je poussai un cri de colère et me relevai d'un bond pour saisir mon portable. Autant prendre les infos à la source. Ma main trembla au moment de composer le numéro de Mathieu. J'étais capable de réagir en personne raisonnable, n'est-ce pas ? Et de prendre des nouvelles d'un ami, sans arrière-pensée ?

Mon angoisse fut vite chassée par une cuisante déception. Mon appel fut rejeté au bout de la deuxième sonnerie. Mathieu m'avait filtrée. Un sanglot m'étreignit alors que j'observais impuissante mon écran de téléphone.

C'était dégueulasse de m'ignorer de cette manière ! Je n'avais rien fait de mal ! Pourquoi faisait-il ça ? Il pouvait au moins me répondre, non ?

Je ressentis alors une colère légitime envers tous ces gars immatures, qui m'ostracisaient alors que je n'avais absolument rien à me reprocher.

Il ne s'était rien passé avec Matt, bon sang ! Ils n'allaient quand même pas lui en vouloir pour quoi… allez… deux ou trois regards un peu langoureux ? Non, vraiment, ils devaient se montrer plus adultes que ça !

Avec détermination, je composai le numéro de Benoît. Lui était un vrai ami, du moins je l'espérais.

— Tiens ? Salut, Mimi. Quoi de neuf ?

— Oh rien… La routine. Les révisions du bac et l'entrainement avec Thomas…

— Ton championnat approche ?

— Dans trois semaines.

— Ça va mieux, on dirait, avec ton partenaire…

— Ouais, je progresse. Je crois qu'on sera prêt.

— Tant mieux. Bon. C'était cool de te parler. Je…

— Attends, l'interrompis-je avant qu'il ne raccroche. Je… Enfin… Tu vois… Je ne vois plus personne à la patinoire, du coup… Je me demandais… Comment… vous alliez tous ?

Un silence sur la ligne s'éternisa une seconde de trop.

— Oh… ben tu sais, la routine pour nous aussi. Les révisions du bac. Le hockey.

— Ah.

J'entendis soupirer sur la ligne.

— Je ne suis pas censé te le dire. Mais bon. Je crois que tu as le droit de savoir.

— Quoi ? m'inquiétai-je.

Mon Dieu ! Matt avait une copine. J'en étais sûre. Comment pourrait-il en être autrement, beau comme il était ?

— Matt a reçu une réponse positive de l'université Concordia. Il intègre les Stingers à la rentrée.

— Oh ! C'est cool, ça !

— Mimi…

— Quoi ?

— C'est au Canada. Concordia est une université québécoise.

Le choc fut tel que j'en perdis l'usage de la parole. Mon souffle fut coupé. Il me fallut quelques secondes pour… réagir.

— Wouah ! Eh bien ! Wouah ! Alors. Ça. Wouah ! Eh bien !

Je jurai *in peto* pour ma bêtise. « Articule une réponse intelligible, bon sang ! »

— Je suis désolé…

— Oh ! Pourquoi ? Il n'y a pas de raison. C'est génial pour lui.

Un silence s'installa de nouveau, plus gênant encore.

— Il n'y a pas de raison, répétai-je maladroitement. Tu sais… Je ne sais pas ce que vous avez cru… Mais il ne s'est rien passé entre nous. Rien du tout. On n'est pas ensemble.

— Je sais… Matt n'aurait jamais trahi Sacha. Ce n'est pas juste pour toi. Ni pour lui. Et je crois qu'il n'a pas anticipé ce qui lui est tombé dessus.

— Qu'est-ce qu'il lui est tombé dessus ?

— Toi.

Je demeurai interdite. Est-ce que je lui plaisais ? Pour de vrai ?

— Mais Sacha a été très clair. Tu n'es pas une option. Pour aucun d'entre nous.

Les examens du bac venaient de s'achever. Ouf. J'allais pouvoir respirer un peu. Et me consacrer pleinement à mon concours de patinage qui aurait lieu d'ici quelques jours.

Je ressentis un pincement au cœur en entendant les membres de l'équipe venir chercher mon frère pour fêter cette libération.

Fini le temps où j'étais la bienvenue pour les suivre dans leurs soirées. Aujourd'hui Tony ou Benoît m'invitaient du bout des lèvres par politesse. Je déclinais avec regret. Le soulagement que je lisais dans leurs yeux me brisait le cœur au-delà de toute mesure.

Je leur manquais. Sûrement un peu. Mais l'esprit de corps était plus fort que tout dans l'équipe. Et je représentais une source de problème. Ils faisaient en sorte de maintenir l'équilibre : Sacha, Matt, les autres. C'était plus important que tout.

Sauf que pour moi, c'était un déchirement. Je préférais le temps où je les méprisais royalement. C'était bien plus facile de vivre ma solitude dans ces conditions. J'étais à nouveau le mouton à cinq pattes, exclue des conversations autour du hockey.

Mais de cet isolement, je tirai une force nouvelle, une détermination sans faille. J'avais compris que je ne pouvais compter que sur moi-même. Personne ne viendrait à mon aide. Autant me prendre par la main.

Que mon partenaire de glisse soit Thomas, Mathieu, Pierre, Paul ou Jacques. Peu m'importait. Je devais effectuer des portés ? Je sauterais dans n'importe quels bras qui se présenteraient. Cette prise de conscience fut une vraie libération.

Mon patinage gagna en fluidité et en harmonie. Je pratiquais désormais toutes les figures et les portés avec un détachement de reine. Ma maîtrise faisait plaisir à voir.

Cependant, pour un œil averti, mon programme manquait d'âme et de passion. Je pratiquais ma chorégraphie de manière presque mécanique et il n'y avait aucune connexion émotionnelle avec mon partenaire.

Ce jour-là, je me rendis à la patinoire d'Argenteuil avec ma coach. Mes parents avaient proposé de m'accompagner, mais j'avais refusé. Je ne voulais pas les obliger à assister à ma prestation. Après tout, ils étaient des fans de hockey.

Je n'en revenais pas du chemin parcouru ! Il y avait encore quelques semaines, j'aurais trépigné et ragé pour qu'ils fassent le déplacement. Aujourd'hui, je m'en moquais. J'avais retenu quelques leçons du coaching *made in* Mathieu et notamment le fait de patiner pour moi-même.

Mon histoire avec ce hockeyeur m'avait appris une autre leçon plus douloureuse cette fois-ci : surtout ne pas s'attacher et ne pas mettre d'émotions dans ce que l'on faisait. Au moins comme ça, on ne souffrait pas !

Je n'avais aucune idée si je vivais un chagrin d'amour. Mais toujours était-il que je me sentais comme… anesthésiée. Je ne savais ce qui me brisait le plus de ma mise à l'écart du groupe ou du départ de Mathieu pour le Canada. Le Canada, nom de nom ! C'était à l'autre bout du monde. Après la frustration, la colère, la déception et le regret, je ne retenais de Matt qu'un grand vide. J'étais vide désormais.

Ce fut donc sans aucun enthousiasme particulier que je revêtis ma tenue de danse : un justaucorps blanc parsemé de brillants et de paillettes. Thomas portait le même costume version homme. Nous avions conçu une chorégraphie autour du Lac des cygnes, un grand classique, une valeur sûre.

Entre les parents et les supporters, il y avait une ambiance assez survoltée dans la patinoire, car plusieurs catégories concouraient.

Ce ne fut donc pas tout de suite que je les repérai dans le public. Ce fut Thomas qui me donna un coup de coude alors que je m'échauffais en coulisse.

— Regarde qui est venu !

Je tournai alors mon visage vers la droite et manquai une respiration. Mes parents, mon jumeau ainsi que l'équipe de hockey au complet se tenaient sur les bancs. Ils brandissaient une banderole géante : Myriam et Thomas, champions.

Le rouge me vint aux joues quand je reconnus Gaby, Tony, Benoît, Mathis et évidemment Matt. Ils gesticulaient tous comme des pantins désarticulés en hurlant nos noms.

Mon rythme cardiaque s'accéléra aussitôt. Je sentis la transpiration coller sous mes aisselles, et une chaleur suivie de frissons glacés parcourir mon corps. Ça y était, j'avais le trac ! Mais qu'est-ce que tous ces imbéciles étaient venus faire ici ? Prise de tremblements convulsifs, je me mis à tirer sur le col de mon justaucorps. Mais, bon Dieu, pourquoi faisait-il si chaud ? Et pourquoi n'y avait-il plus d'air dans cette fichue patinoire ?

— Myriam ? Myriam ? Ça va ?

— Je n'en sais rien… Je… je… n'arrive plus… à… respirer !

Mathieu

— Putain ! m'exclamai-je en sautant par-dessus la rangée de bancs comme un diable de sa boîte.

— Qu'est-ce qui se passe ?

— Ta sœur fait une crise d'angoisse ! criai-je en me dirigeant vers les coulisses.

— Merde !

Aussitôt Sacha et ses parents m'emboitèrent le pas. Il ne nous fallut pas deux minutes pour rejoindre le couple de patineurs.

— Je ne sais pas ce qu'elle a, elle suffoque, bredouilla Thomas avec impuissance.

— Quelqu'un a un sachet ? hurlai-je.

Tous fouillèrent dans leurs poches avec fébrilité. Finalement, Sacha brandit un sachet froissé Mc Do des siennes.

— Tiens ! Ça ira ça ?

— On fera avec.

J'appliquai le sachet en papier sur le nez et la bouche de Myriam.

— Regarde-moi ! Regarde-moi dans les yeux ! Voilà. Comme ça. Maintenant tu te concentres sur ma voix. OK ? Bon. Tout va bien, Myriam. Tu es en sécurité. Écoute ta respiration. Inspire. Expire. Inspire. Expire. Voilà. Continue ! Sens l'air passer dans ton nez, dans ta trachée, dans tes poumons, dans ton ventre. Bloque ! Expire lentement…

Au bout de quelques minutes, elle parvint à reprendre le contrôle de ses esprits. Elle glissa un regard gêné vers les cinq paires d'yeux qui la fixaient avec inquiétude.

— Ça va, les rassura-t-elle d'une petite voix. Qu'est-ce… qu'est-ce que vous faites là ?

— On est venus te voir, chérie, s'exclama Annie. Ce que tu m'as fait peur ! Bon sang, Matt, comment as-tu su quoi faire ?

— Ma mère fait ce genre de crise, dis-je en haussant les épaules.

— Eh bien, fiston ! On te doit une fière chandelle, réalisa Philippe en serrant mon épaule.

— Tu te sens capable de patiner ? demanda Thomas avec sollicitude.

— Évidemment, répondis-je sèchement en empoignant le bras de Myriam. Excusez-moi, je vous l'emprunte deux secondes.

Je la tirai gentiment à l'arrière sous les yeux ébahis de ses proches.

— Qu'est-ce que tu fais ? me demanda-t-elle avec angoisse.

— Écoute, Mimi.

Je m'interrompis aussitôt comme semblant chercher mes mots.

— Je suis désolé.

— Désolé de quoi ?

Je soupirai.

— De t'avoir laissée tomber. Moi. Et l'équipe aussi.

Elle rougit et baissa les yeux.

— On n'aurait pas dû te tourner le dos… Surtout pour revenir comme ça, au moment où tu t'y attends le moins. Je suis désolé.

Je sais que c'est ma faute. C'est moi qui ai déconné. Tu me mets tellement la tête à l'envers !

Elle me regardait avec des yeux ronds. Elle semblait ne rien comprendre à mon charabia.

— Nan, oublie ce que je viens de dire, OK ? Ce qui compte, là, c'est toi, Thomas et votre programme. D'accord ?

Elle hocha la tête, complètement déboussolée.

— Très bien. Fais le vide dans ta tête, ordonnai-je en pointant mon index sur son front. Maintenant tu te repasses tout le déroulé de ta danse : les pas, les figures, les sauts, les portés. Tu es légère comme une plume. Les bras de Thomas sont moelleux comme un bon matelas et tu rêves de te jeter dedans.

Elle pouffa bêtement.

— Chut ! Pas bouger ! Pas rire !

Elle obéit et se mordit les joues.

— Tu vas ouvrir les yeux. Inspirer. Expirer. Prendre la main de Thomas, et patiner comme jamais tu n'auras patiné de ta vie. C'est compris ?

Elle ouvrit les yeux, les plongea dans les miens puis sourit sincèrement.

— À vos ordres, maître zen !

Je lui répondis d'une grimace et lui pinçai gentiment les côtes.

Une vague de chaleur se répandit dans mon ventre. Merde, que ça m'avait manqué ! Ça ! Cette complicité ! Nos chamailleries ! Ce fut donc reboostée à bloc qu'elle prit la main de son partenaire quand leurs noms résonnèrent dans les haut-parleurs.

Trois minutes plus tard, ils revenaient à leur place, essoufflés et heureux. Ils avaient patiné comme jamais de leur vie !

Myriam avait exécuté un presque sans faute. Elle avait légèrement vacillé sur un double piqué, mais les portés avaient été parfaits ainsi que les sauts.

Sa prestation lui valut la deuxième place du podium. Une explosion de joie retentit dans la tribune à l'énoncé des résultats. Philippe, Annie, Sacha, Benoît, moi et les autres, nous envahîmes la piste. Elle fut soulevée de terre par maints bras solides.

Mais ce fut quand elle nicha son nez dans mon cou qu'elle laissa exploser sa joie. Elle se hissa dans mes bras et noua ses jambes autour de ma taille.

Nous rîmes tous les deux en tournoyant. Ivres de fierté, nous posâmes nos fronts l'un contre l'autre. Nos regards se soudèrent. Elle mordilla sa lèvre inférieure. J'humidifiai la mienne.

— Félicitations, Mimi ! C'est mérité, murmurai-je en déposant un rapide baiser sur ses lèvres.

— Tu veux bien arrêter de la monopoliser, toi ! s'écria Tony qui me l'arracha des bras.

Des papillons volaient sous le dôme de la patinoire. Une nuée de papillons envahissait l'espace. Et ils venaient tous d'un seul et même endroit. De ma poitrine.

Myriam

Le soir même, Sacha organisa une fiesta monstre à la maison. Il y avait tant de choses à fêter ! La fin de l'année scolaire, mon prix et le déménagement de Matt.

Oui.

L'euphorie de la victoire et du baiser de Matt s'était volatilisée en un clin d'œil quand j'avais appris son départ imminent.

— Toi, tu te barres, déjà ? lui avait reproché Tony. Avant les résultats du bac ? Et si tu vas au rattrapage ?

— Je pars quinze jours en Bretagne avant de prendre mon avion pour Montréal. J'ai trois fois le temps de revenir pour passer le rattrapage…, dit-il en glissant un regard contrit vers moi. Qu'est-ce que tu veux que je te dise ? Maintenant que je pars, mon père s'est soudainement rappelé mon existence et m'a supplié de passer mes vacances avec lui ! Pour profiter de moi !

Il leva les yeux au ciel avec dédain, puis les posa sur moi avec une tristesse palpable.

— Bah ! Tu vas sûrement t'amuser ! lui souhaitai-je en me forçant à sourire.

— J'ai plein de choses à faire avant mon départ… des affaires en suspens à régler aussi, alors crois-moi si j'avais pu m'en passer…

Je manquai une respiration en me noyant dans son regard intense. Mais notre connexion fut vite interrompue par Gaby qui proposa un jeu à boire aux garçons. Matt fut enrôlé de force. Il glissa encore un coup d'œil plein de regret vers moi, mais suivit ses compagnons.

Les heures suivantes me plongèrent dans un ennui mortel. Les hockeyeurs enchaînaient les défis les plus débiles possible avec à la clé d'autres verres à boire. Ils étaient tous dans un état lamentable. Moi qui espérais avoir enfin une discussion avec Matt ! Mince quoi ?! Il m'avait embrassé devant toute ma famille et nos potes ! N'avait-il rien à dire là-dessus ? J'y renonçai quand je le vis faire le poirier, avec la bouche reliée à un fût de bière par un tuyau. Navrant. Je ne devrais peut-être pas me sentir si chamboulée. Pour lui cela ne voulait sans doute rien dire du tout.

Je me glissai dans ma chambre sans bruit et me laissai tomber lourdement sur mon matelas qui rebondit sous mon poids.

C'était cuit.

Mathieu allait partir de l'autre côté de l'Atlantique. Fin de l'histoire. Je soupirai, plus dépitée que jamais. Mon regard tomba sur mon roman posé sur la table de nuit. Je haussai les épaules. Au point où j'en étais, fichu pour fichu, autant consacrer cette soirée à la lecture.

Une heure plus tard, je relevai le nez de mon livre en entendant ma porte s'ouvrir.

— Ah ! C'est là que tu te caches ?! Mimi, t'es sérieuse ? C'est la fête ce soir !

— Matt… Qu'est-ce que tu veux ? dis-je avec ennui en observant ses yeux vitreux et son sourire niais. T'es complètement schlass.

— C'n'est pas impossible, admit-il avec un rictus comique. Mais encore assez lucide quand même.

— Han ! Combien j'ai de doigts ? demandai-je en montrant ma main.

— Cinq !

Je tiquai en baissant promptement le petit doigt.

— Dommage !

— Tricheuse... Tu lis quoi ?

— Rien, dis-je précipitamment en rangeant mon livre dans la table de chevet.

— Ttt, montre-moi ça que je surveille tes lectures, dit-il en m'arrachant le livre des mains.

— Rends-moi ça tout de suite ! Mathieu !

Ah bon sang ! C'était bien ma veine ! S'il mettait le nez dans ma New romance, il allait en faire ses choux gras. Le sort décida de s'acharner contre moi, quand il choisit de lire un passage au hasard.

— « Elle fouilla sans trembler dans le caleçon de son partenaire et arbora un sourire de victoire quand elle libéra son membre gonflé. Elle lui adressa un regard lascif tandis qu'elle se baissait avec une lenteur insoutenable vers son sexe dressé. Sans lâcher Dario des yeux, elle le lécha de haut en bas, avec une moue impudique. Les yeux du jeune homme étaient exorbités, son souffle court et ses mains se crispaient sur le tissu du canapé.

Il retint un gémissement de frustration quand elle abandonna sa besogne pour reprendre la bouche de son amant. Ils s'embrassèrent à nouveau comme si leur vie en dépendait. »[1] Mimi ! Je suis choqué !

— Mathieu ! Rends-moi ce livre !

— Viens l'attraper !

---

[1] *Impossible biker*, Laetitia Laroche, Mademoiselle a trois ailes éditions (Oups ! Est-ce que je viens de me citer moi-même ?! 😊)

Nous nous coursâmes dans la chambre en bousculant les meubles. J'entendis distinctement un objet se briser à terre.

— Mimi ! C'est carrément chaud, ton truc ! Je ne savais pas que tu lisais du porno.

— C'n'est pas du porno, c'est une romance ! hurlai-je en le poussant sur mon lit où il trébucha en riant tellement fort.

Dans notre chute, il me saisit aux hanches et me tint fermement sur son corps tandis que je le chevauchais.

— T'es chiant ! Rends-moi ça ! grognai-je en lui subtilisant le roman.

— Je ne savais pas que tu avais des envies comme ça…

— Ben tu vois, faute de mieux, on compense… râlai-je en essayant de me dégager de sa prise.

— Je ne comprends pas, ils sont tous à tes pieds. T'as juste à te baisser. Tony ne demande que ça…

— Ben peut-être… mais quand le garçon qui t'intéresse est aux abonnés absents…

Un ange passa. Notre respiration s'accéléra d'un cran. Il raffermit sa prise et empoigna plus fermement mes hanches.

— Ah ouais ?

Déstabilisée, je me rattrapai à son torse. Dans ce mouvement, je tombai contre lui, sa bouche à seulement quelques centimètres de la mienne. Il accrocha mon regard. Je lorgnai avidement sur ses lèvres.

Il avança son nez contre le mien guettant mon consentement. J'approuvai imperceptiblement. Il fondit sur ma bouche dans un grognement de plaisir. En retour, je gémis d'un son de gorge si grave qu'il rugit contre ma bouche.

Avec force, il empoigna mes hanches pour les placer sur son érection, ce qui me fit pousser un cri de surprise. Mais galvanisée par le désir qui coulait dans mes veines, je me frottai contre lui sans retenue.

— Putain ! Mimi ! Arrête ! Je vais jouir dans mon calbute sinon ! se plaignit-il à l'agonie.

Mais cet aveu décupla mon énergie, j'accentuai mon mouvement sur mon partenaire tout en me noyant dans un baiser fiévreux. Quand je le sentis lâcher prise et gémir dans ma bouche dans une totale reddition, je m'abandonnai moi-aussi à l'onde de plaisir qui me transperça.

— Merde ! bredouilla-t-il émerveillé. Mimi, t'es tellement… Wouah ! C'était… Je suis juste…

Il n'eut pas le temps d'achever sa phrase que la porte s'ouvrit avec fracas.

— Ah ! T'es là ? On te cherche partout !

En un réflexe d'un millième de seconde, Matt se redressa et me poussa promptement sur le lit.

— Qu'est-ce qui se passe ?

— Gaby est monté sur le toit par le velux. Il veut pisser de là-haut ! Viens voir ça !

— Tu déconnes ?

— Nan ! Viens, je te dis !

Tony le tira par la manche. Matt me glissa un regard désolé et quitta la pièce en traînant des pieds.

Quatre heures. Cinq heures.

Je fixais mon réveil avec la force du désespoir. Ne pas m'endormir. Il allait revenir. C'était sûr ! Enfin quoi, nous venions d'avoir un orgasme ensemble. Le premier en ce qui me concernait. Ce n'était pas rien. Il allait revenir, non ? Il ne pouvait pas me laisser comme… *Rrrrh.*

Le sommeil m'avait vaincue. Quand je me réveillai en sursaut à neuf heures, je me redressai d'un bond comme une échevelée. Quoi ? Crotte ! Et zut ! Comment avais-je pu m'endormir ? C'était une catastrophe ! À l'heure qu'il était, il était déjà sûrement en route vers la Bretagne ! Il fallait que je le rattrape, vite ! J'enfilai à la hâte un legging et mes baskets. Je dévalai l'escalier et courus comme une folle dans les rues de Boulogne.

« Faites qu'il ne soit pas parti ! Faites qu'il ne soit pas parti ! »

Tout en courant, je l'appelais sur son téléphone. La messagerie se mettait automatiquement en route. Il ne devait plus avoir de batterie… C'était ma veine.

Au bout de vingt minutes de course, j'atteignis le quartier résidentiel où habitait le père de Matt. Je poussai un soupir de soulagement quand je le vis mettre des valises dans le coffre. « Dieu soit loué, il n'est pas parti ! »

— Monsieur Lebrun ! Monsieur Lebrun ! Où est Mathieu ? Il faut que je lui parle avant qu'il parte !

— Ah ben moi aussi, figure-toi ! Je l'appelle depuis plus d'une heure ! Il ne répond pas ! On doit prendre la route, nous !

— Il n'est pas rentré cette nuit ?

— Non ! Ah ! Bon sang ! On ne peut jamais lui faire confiance ! Je lui avais bien dit neuf heures tapantes ! Il est bientôt dix heures ! Il exagère !

— Mais où est-il ?

— Je n'en ai aucune fichtre idée !

Je devins livide. Que devais-je faire ? Mon regard tomba sur mon téléphone. Mais oui ! Benoît ! Ou même Sacha !

Je composai rapidement leur numéro. Mais là aussi, répondeur.

— Fais chier !

Je rougis en réalisant que Monsieur Lebrun me dévisageait avec étonnement.

— Désolée... Ses copains ne répondent pas non plus ! Mais où peut-il être enfin ?

— Ils sont sûrement en train de cuver dans un coin. Ils faisaient la fête hier soir.

— Oui, je sais. Ils étaient chez moi.

— Alors, ils doivent y être encore !

— Mais oui ! C'est sûr ! Je me suis précipitée ici sans même fouiller la maison.

— Cherche pas ! Ils sont encore là-bas. T'as plus qu'à y retourner. Non ! On va faire mieux que ça ! Je t'y emmène, comme ça je le récupère au passage !

— OK !

Je grimpai dans sa voiture au moment où il démarrait. En ce samedi de départ en vacances, la circulation se densifiait déjà. Je rongeais mon frein devant chaque feu rouge. Soudain sur une impulsion, je demandai au conducteur de changer de chemin.

— Ça vous ennuie de faire un crochet par la patinoire ? Ça ne coûte rien de vérifier au passage.

Il acquiesça puis bifurqua aussitôt sur la gauche. En arrivant devant le bâtiment, il ralentit afin d'en inspecter les abords. Au moment, où nous arrivâmes devant les portes, celles-ci s'ouvrirent. Et Matt en sortit en les repoussant d'un geste rageur.

— Il est là ! Arrêtez-vous ! dis-je en sautant du véhicule.

Mathieu

— Myriam ! Putain ! Je te cherche partout ! aboyai-je en accourant vers elle.

Du coin de l'œil, je vis la voiture de mon père s'engager sur le parking pour trouver une place.

— Moi aussi, je te cherchais ! Je suis avec ton père. J'ai couru te retrouver chez toi, mais…

— J'ai dormi dans la chambre de Sacha ! dis-je en me tapant la main sur le front. Tu me cherchais chez moi, alors que j'étais chez toi !

Nous nous mîmes à pouffer, une certaine gêne s'installant entre nous.

— Je voulais venir te retrouver cette nuit, je te jure. Mais les gars ne m'ont pas laissé partir…

Elle haussa les épaules.

— Je me suis endormie de toute façon…

— Mimi, écoute…

Je m'interrompis cherchant mes mots. Merde ! Je ne me sentais pas fier de la manière dont j'avais perdu le contrôle hier…

— Je me suis mal conduit.

— Non !

Je relevai les yeux avec étonnement.

— Ben si… Un peu…

— Non ! Je le voulais aussi ! S'il te plaît, ne dis pas que tu regrettes, ça va me tuer…

Mon regard s'adoucit en observant le visage bouleversé de ma Mimi.

— Je ne regrette absolument rien… hormis le fait que je n'ai pas su… me contenir. J'aurais voulu que ça dure plus longtemps. Tu vois. Pour toi aussi… que tu en profites.

— Mais j'en ai profité. Tu… Tu ne l'as pas senti ? murmura-t-elle avec embarras.

Je basculai la tête en arrière et gémis de dépit.

— Putain ! Mais pourquoi faut-il que je parte aujourd'hui ? C'est trop tôt ! J'ai besoin de plus de temps !

À ce moment-là, mon père apparut sur le parvis de la patinoire.

— Fiston ! Faut y aller maintenant ! On t'attend depuis des heures !

— Papa ! S'il te plaît ! criai-je en tendant une main vers lui. Donne-moi une minute. Non cinq. Putain ! Je dois lui parler, tu comprends ?

Il stoppa net et nous étudia avec intérêt. La tension qu'il sentait entre nous et l'état de bouleversement dans lequel nous étions lui mirent la puce à l'oreille.

— Ah OK ! Je vois ! Très bien. Je t'en concède deux, on est déjà horriblement en retard. Je t'attends dans la voiture, accorda-t-il en rebroussant chemin.

Je me passai une main dans les cheveux et jurai dans ma barbe.

— Comment je peux te dire ça en deux minutes ?

Myriam respirait fort, toute son attention concentrée sur moi.

— Écoute, ça va te paraître bizarre. Mais je n'y peux rien. C'est ce que je ressens. Un point c'est tout. Au fond de moi, je le sais. Je le sais depuis un bon moment. Mimi…

Je fis un pas et pris ses mains.

— C'est toi. Ça a toujours été toi. Et ce sera toujours toi. T'es la bonne. Ne me demande pas comment je le sais, je le sais, c'est tout.

Myriam rata une respiration. Elle était en apnée.

— Maintenant…, continuai-je. La question est de savoir si toi aussi tu veux de moi…

Elle acquiesça fébrilement, les yeux brillants comme des diamants.

— Et si tu es capable de m'attendre ? Toi, l'année prochaine…

Elle déglutit avec difficulté, puis posa un doigt sur mes lèvres afin de m'intimer le silence.

— J'ai décidé de faire Pharma, comme maman, avoua-t-elle en haussant les épaules. Mais je ne pense pas travailler en laboratoire comme elle… enfin, on verra, j'ai le temps.

J'approuvai en hochant la tête. Chez les Force c'était une véritable tradition familiale que de travailler dans le monde de la santé. Je n'étais pas étonné par son choix. Mais je savais aussi qu'elle s'engageait pour de longues années d'études. Autant de temps qui nous séparerait l'un de l'autre…

— Tu… Tu crois qu'on pourrait se retrouver après ? soufflai-je en plongeant mes yeux dans ses iris bleus qui me bouleversaient tant. J'espère entrer chez les pros…

— Je te le souhaite, vraiment. Je sais que c'est ton rêve.

— Je ne sais plus trop, grimaçai-je en passant une mèche derrière son oreille fine. Mon rêve ces derniers temps fait plutôt un mètre soixante, cheveux noirs, yeux bleus, petit nez retroussé…

— Je t'attendrai !

— Quoi ?

— Je m'en fous de la distance et de nos longues années d'études. Je t'attendrai ! Pars au Canada, deviens une star. Moi pendant ce temps-là, je ne bouge pas d'ici. Je jouerai avec des éprouvettes…

Sa réponse fut accueillie par le sourire le plus solaire que je pus produire. Je pris son visage en coupe et l'embrassai avec douceur et sensualité. Je grognai de mécontentement quand j'entendis le coup de klaxon impatient de mon père.

— Oui ! J'arrive ! grinçai-je en me tournant vers le parking.

— Allez ! Vas-y ! m'encouragea-t-elle en nouant ses bras derrière ma nuque pour un dernier baiser. On s'appelle, de toute façon.

J'approuvai en grognant de frustration, puis me dirigeai en trottinant vers la voiture.

— Ce soir ! Promis ! Dis ? Tu m'attendras ?

— Oui, M.a.t.h.i.e.u ! Je t'attendrai…

***

7 ans plus tard

— Pourquoi a-t-on gardé notre relation secrète si longtemps ?

Marie-Anne, la cousine de Myriam qui était venue nous aider à préparer la fête, nous questionnait sur les débuts de notre couple avec une curiosité évidente.

— En vrai, j'étais carrément flippé à l'idée que Sacha nous grille et nous dénonce à tes parents. J'avais peur de les décevoir, pire que ça en fait. J'avais l'impression de les trahir…

— Papa t'adore et maman te voue un culte !

— Ben justement, Mimi ! Et puis Sacha avait suffisamment prévenu, moi et les gars, que tu étais intouchable.

— Sacha est un petit con arrogant et dominateur. J'aurais dû l'envoyer se faire… !

— Ne fais pas ta femme ! Tu crains ton frère ! Tout comme moi.

— C'est vrai, renchérit Marie-Anne. T'as beau râler, tu as toujours tenu compte de l'avis de ton jumeau.

— Normal. On est jumeau.

Mimi fit une moue coupable que je trouvais trop mignonne. Je lui claquai un bisou sonore sur ses lèvres roses.

— Vous êtes adorables, tous les deux.

Mimi fronça les sourcils.

— Marie, tu ne vas pas pleurer quand même !

Elle essuya discrètement ses cils en reniflant.

— Absolument pas. C'est très poussiéreux chez toi, c'est tout !

— Mon œil, Miss Parfaite. Attends que je te dénonce à Chloé.

— Mais ma sœur est deux fois plus sensible que moi ! Attendez-vous à un banc de pleureuses dans le rang des Force et des Dulac !

— Oh misère !

Je frappai mon front d'un air désolé.

— Vous m'excuserez, les filles, je crois que je vais partir.

— Tu ne vas pas partir de ton propre mariage, me gronda Marie-Anne. Assis ! Tu n'as pas fini de me raconter comment tu as séduit ma cousine…

Elle avait ce genre de beauté glacée qui inspirait naturellement le respect. Sans broncher, je me rassis et continuai mon récit.

— Ben, la suite tu la connais. Après ma rupture des ligaments croisés, j'ai dû mettre en stand bye ma carrière pro au Canada. Et pendant ma rééducation, j'ai eu une révélation. J'ai compris que ce que je voulais vraiment, c'était accompagner les sportifs, plutôt qu'en être un moi-même.

— C'est pour ça qu'il est devenu le préparateur mental le plus recherché de la ligue de hockey.

J'embrassai à nouveau ma fiancée, décidément, elle me faisait tourner la tête, aujourd'hui.

— Ça ne t'a pas coûté de quitter Québec ? me demanda Marie-Anne.

Je coulissai vers Myriam un regard lascif et taquin.

— Eh bien, il y avait des arguments irrésistibles pour que je revienne en France, à vrai dire.

— Ooooh ! Vous allez me faire rougir ! s'exclama Marie-Anne, alors que Mimi me sautait dessus pour m'embrasser.

Myriam

Quand le claquement de mes talons raisonna dans l'édifice, je compris que cette fois-ci, on y était !

À mon bras, mon père tâchait d'accorder son pas au mien. Je sentais sous ma main qu'il tremblait comme une feuille. Il était ému.

Bon sang ! Comme il y avait du monde ! Je reconnus mon patron Cyrille de la pharmacie Desprez avec à sa gauche, Anna la tornade et à sa droite… Qui était-ce ? Je fronçai les sourcils puis ouvris grand la bouche en forme de O en reconnaissant mon autre collègue. Céline, ma petite Céline ! Elle était méconnaissable.

D'étonnement, je faillis trébucher. Attentif, mon père me serra gentiment la main. Je lui souris à travers mon voile. Je fus saisie par l'expression de fierté et de tendresse qui se reflétait dans son regard.

De l'autre côté du banc, j'adressai un clin d'œil à la fine équipe du hockey. Ils étaient tous là. Mathis, Anthony, Gabriel, tous les gars avaient répondu présents.

Et puis ma famille réunit au complet, ma mère, ma tante Christiane, mon oncle Robert et mes deux cousines, Marie-Anne et Chloé. Elles pleuraient les traîtresses ! Oh non ! Surtout ne pas les regarder, ne pas les regarder sinon j'allais moi aussi ruiner mon maquillage !

Mais mes bonnes résolutions s'effondrèrent lamentablement en croisant le regard brillant de mon jumeau, Sacha. Je compris son émotion, à la manière dont sa pomme d'Adam vacillait. En tant que témoin, il attendait droit comme un i devant l'autel.

Et enfin Mathieu ! Matt !

Ce qu'il pouvait être beau dans son costume bleu avec une rose blanche à son veston ! Je pourrais lui sauter dessus, si je ne me retenais pas.

À ses côtés trônaient Benoît, son témoin et sa mère qui lui donna un dernier baiser avant d'aller s'assoir.

Mon père s'avança vers Mathieu, saisit sa main et la glissa dans la mienne.

— Soyez heureux mes enfants ! Je t'ai toujours considéré comme un fils, alors tu n'imagines pas le bonheur que j'ai à t'accueillir pour de bon dans notre famille.

Mon père essuya à la hâte une larme qui coulait sur sa joue ridée.

— Quel idiot, se morigéna-t-il. Ce n'est pas le moment de pleurer ! Je vous assure, ce sont des larmes de joie ! Je vous souhaite tout le bonheur du monde, mes petits.

Sacha, Mathieu et Benoît riaient avec gêne, mais leur émotion était palpable également.

Quand il y avait deux ans de cela, Mathieu avait décidé à sortir de l'ombre et à officialiser notre relation, il avait été présenté une bague de fiançailles à mon frère.

Celui-ci avait rigolé en jurant que jamais de la vie il ne l'épouserait. Mais quand il lui avait demandé sa bénédiction pour nous deux, mon frère lui avait tapé dans le dos avec un grand sourire.

— Ce n'est pas à moi d'accorder la main de ma sœur. Elle est assez grande pour le faire elle-même !

— Mouais… enfin… je préfère que tu connaisses en premier mes intentions. Elles sont très sérieuses. Je veux qu'elle soit la mère de mes enfants.

— Ah mec ! Pitié ! Arrête de planter des images dégueulasses de toi et ma sœur dans ma tête !

— T'es con.

— Je sais, avait-il ri devant sa mine déconfite. J'adorerai être l'oncle de tes affreux rejetons. Je t'ai toujours considéré comme un frère. Ce sera officiel, cette fois-ci, beau-frère.

— T'as raison, quelle horreur !

— Je suis sincèrement heureux pour vous deux. Et je suis content que tu sortes enfin du placard. Tu sais… Ce n'était un secret pour personne. J'attendais juste que tu aies les couilles de me le dire.

En ce moment même, je me sentis prête à fondre en voyant mon frère donner une franche accolade à mon mari. Ça faisait drôle de dire ça… mon mari. Mais oui. On y était. Nos vœux avaient été échangés et nous recevions les félicitations de nos familles, de nos amis, de nos collègues. Ils me taquinèrent tous sur mes larmes qui avaient décidé de couler malgré tous mes efforts pour les empêcher.

— Félicitations, Myriam ! Tu es splendide ! Je n'ai pas pu me retenir de pleurer, avoua Céline, la plus timide et la plus effacée de mes collègues.

— Merci. Tu es resplendissante ! Je ne t'ai pas reconnue d'abord, j'ai cru que Cyrille venait accompagné…

— Mais, je le suis. Regardez ces deux superbes créatures, dit-il en désignant Anna et Céline.

— Merci à vous d'être venus, je suis très touchée, remerciai-je, des larmes plein les yeux.

— Oh non, ne pleure pas, dit Anna, dont les yeux s'embuaient déjà.

La bouche de Céline chevrotait dangereusement.

— Mesdames, mesdames, reprenez-vous dit Cyrille, crispé par ce débordement émotionnel.

— Oui, vous avez raison, dis-je en tamponnant mes yeux. Nous nous retrouvons au vin d'honneur pour trinquer, d'accord ?

En nous rendant sur le lieu de fête, là, la joie éclata de toute part, les hockeyeurs avaient organisé une haie d'honneur, crosses levées, à notre arrivée. Les applaudissements retentirent de partout. Je ne savais plus où donner de la tête. J'étais tellement heureuse. Mathieu m'embrassa, un grand sourire aux lèvres. L'heure de la fiesta avait sonné. Les bouteilles de champagne fusèrent en cascade et je trinquais avec chacun de mes convives.

— Tchin, ma belle, me salua Anna, la pharmacienne avec qui je travaillais.

— Qu'est-ce qui se passe au juste ? lui demandai-je en voyant Cyrille ronger son frein tandis que Céline était assaillie par les hockeyeurs qui se surpassaient pour la séduire.

— Eh bien, ma chère collègue, je crois que notre patron a eu *enfin* une révélation… Et que les efforts de Céline payent. Peut-être même plus qu'elle ne l'aurait espéré…

Je retenais un rire complice. Ah oui…

Je ne vous avais pas dit ?

J'étais entremetteuse à mes heures. Cupidon serait fier de moi ! Car Céline et Cyrille étaient des handicapés de l'amour. Jamais je n'avais vu deux personnes aussi peu capables d'exprimer ce qu'ils ressentaient ! Je vous priais de croire que c'était un véritable coup de maître que de faire se dessiller les yeux d'une porte de prison et d'une huître !

J'en tapai cinq avec Anna. Nous avions ferré les poissons. À eux d'écrire le reste de l'histoire…

À SUIVRE…

***

Avec la collection ***Enemies lovers*** vous entrez dans **la** série 100% enemies-to-lovers. Ils se détestent aussi fort qu'ils s'aiment.

Dans ***Irrésistible psychorigide***, Céline est l'assistante invisible mais dévouée du *pire* et du plus *magique* des psychorigides : Cyrille.

Voici un extrait de votre prochaine lecture…

Irrésistible psychorigide

— Vous ne pourriez pas ouvrir une autre caisse ? Quand même !

— Mes collègues sont en pause déjeuner, Madame Bellefeuille. Je suis seule à recevoir les clients, se justifia Céline.

– Ah ! répondit celle-ci dans un mouvement d'humeur. Cessez de vous excuser ! Est-ce que Cyrille est là ?

– Je vais voir.

Céline se retira à l'arrière de la pharmacie pour préparer l'ordonnance de sa cliente. Située dans le très prisé VIe arrondissement de Paris, la pharmacie Desprez possédait une brillante clientèle. En général, les commerçants du quartier Sèvre Babylone ne traitaient qu'avec le personnel de maison, mais elles s'étaient toutes entichées du pharmacien, leur nouvelle coqueluche. Céline toqua au bureau de Cyrille et passa sa tête dans l'entrebâillement.

– Madame Bellefeuille vous demande.

Cyrille Desprez soupira.

– J'arrive.

Il quitta son compte de résultat à contrecœur. Le bal des Précieuses allait commencer.

– Bonjour Madame Bellefeuille ! salua-t-il, en atteignant le comptoir. Comment puis-je vous aider ?

– Mon cher Cyrille, la crème de jour que vous m'avez vendue la dernière fois fait des miracles ! Il fallait absolument que je vous montre !

Son visage squelettique se fendit d'un sourire terrifiant.

– Vous semblez en excellente forme.

Tout en rassemblant les médicaments, Céline admirait une fois de plus avec quelle patience, il supportait cette harpie. Fallait dire qu'elle ne lui parlait pas sur le même ton que celui qu'elle employait avec les préparatrices.

– Veuillez encaisser, Céline, je vais finir de préparer la commande de Madame Bellefeuille.

– Mon Dieu, on n'est jamais mieux servi que par soi-même, n'est-ce pas ? Le bon personnel est tellement rare ! dit-elle dédaigneusement en désignant Céline du menton.

Céline rougit jusqu'aux oreilles sous l'insulte. « Quelle pie ! » se dit-elle, en rajustant maladroitement ses lunettes.

– Contrairement à d'autres, je n'ai pas à me plaindre, dit Cyrille avec un sourire poli.

– Vous êtes le meilleur patron qu'elles puissent espérer trouver !

– Vous me flattez, dit-il en lui tendant son paquet.

– Je ne dis que la vérité, mon cher Cyrille ! dit-elle en quittant la boutique d'une démarche de reine, tout en rejetant ses longs cheveux blonds derrière son dos. Bon courage ! Bon courage !

À ce moment arrivèrent Anna et Myriam, les deux autres préparatrices, de retour de leur pause.

– Je vais la rappeler, je crois qu'elle a oublié son balai près du comptoir ! railla Anna.

– Reprenez votre poste, je vous prie. Céline doit déjeuner maintenant, coupa Cyrille.

Cyrille retourna dans son bureau sans rien ajouter.

– Je retire, dit-elle en claquant la langue d'un air appréciateur. Le balai est resté coincé *dans* son fabuleux postérieur !

– Anna ! se récria Myriam. Il pourrait t'entendre !

– À quel sujet ? Du balai ou du postérieur ?

– Bah ! Les deux, je crois, pouffa Myriam.

Une cliente entra dans la boutique, portant à son bras un minuscule chien dans un sac léopard. Son brushing étudié n'était pas sans rappeler la tignasse auburn de son chihuahua.

– Bonjour Madame Du Rouy. Comment allez-vous ? dit aimablement Anna.

– Cyrille n'est pas là ? demanda-t-elle aigrement en cherchant l'intéressé du regard.

Les mégères du coin ne s'y étaient pas trompées. Cyrille était d'une élégance rare. Grand et mince, il possédait la même démarche décontractée et sensuelle que Colin Firth. Le balancement symétrique de ses épaules avec ses hanches hypnotisait toutes les femmes. Céline avait même surpris des mamies apprécier ses fesses ! Et il semblait en être totalement inconscient. Il était poli, toujours sérieux, à la limite du sévère. Pince-sans-rire quand il lui arrivait de plaisanter. Il était exigeant avec les autres comme avec lui-même, perfectionniste, méticuleux, précis, patient, intelligent. Que Céline soit sous le charme n'avait rien d'étonnant, désespérant peut-être, mais pas étonnant. C'est à peine s'il regardait les fabuleuses créatures peinturlurées, parfumées et apprêtées qui défilaient ici, alors poser ses augustes yeux sur elle…

« Tu es en hypoglycémie. », se dit-elle, « Arrête de rêver. »

Saisissant son manteau et son sac, Céline prit le chemin du petit restaurant japonais, où elle commandait quotidiennement un plat à emporter. Elle aimait ce quartier aux allures de bourg. Les immeubles cossus bordés de petites boutiques élégantes avaient un côté rassurant, une sorte de proximité réconfortante dans cette ville tentaculaire. Céline passa la porte du restaurant, qui tinta mélodieusement sur ses gonds. Bien que l'établissement soit bondé, la serveuse salua sa nouvelle cliente avec déférence.

– Bonjour Mademoiselle Ramet, dit-elle avec un fort accent asiatique. À emporter comme d'habitude ?

– Oui, s'il vous plaît, remercia Céline, en s'asseyant sur une chaise du bar en toute discrétion.

– Beaucoup travail ? demanda Monsieur Honawa, qui cuisinait des brochettes derrière le bar.

– Oui, répondit-elle, en souriant. Nous avons du monde.

– Bien. Bon pour les affaires, approuva-t-il avec un large sourire.

Céline se joignit au rire communicatif de son interlocuteur. Au fil de ses visites, elle avait sympathisé avec les propriétaires et elle appréciait d'être reçue comme une vieille connaissance.

Alors qu'il lui remettait sa commande, et qu'elle s'apprêtait à partir, Monsieur Honawa l'interpella.

– Mademoiselle Ramet ? Monsieur Desprez a oublié sa carte de fidélité. Vous pouvoir lui donner ?

– Oui, bien sûr. Bonne journée, Monsieur Honawa.

De retour à la pharmacie, Céline s'installa dans la petite cuisine aménagée à l'arrière de la boutique. L'endroit était minuscule, équipé d'un évier, d'un four à micro-onde, d'une table et de deux chaises en formica. Cyrille n'avait jamais considéré comme important d'aménager un espace détente confortable pour ses employées. Céline s'attabla avec son déjeuner en barquette et commença à manger. Elle faisait glisser distraitement la carte de fidélité entre ses doigts. Elle détenait là la possibilité d'entamer une conversation non professionnelle avec son patron. Elle devrait être subtile, spirituelle ! « Tiens ! Cyrille ! J'oubliais… Monsieur Honawa m'a remis votre carte de fidélité. Alors comme ça, vous aimez le japonais. » Céline poussa un soupir de découragement. Navrant. Elle n'arriverait jamais à lui parler d'une façon si décontractée.

C'est donc avec une certaine appréhension qu'elle se dirigea vers le bureau directorial. Elle prit une longue inspiration, avant de frapper à la porte.

– Entrez ! cria Cyrille d'une voix forte.

– Excusez-moi de vous déranger, souffla-t-elle en baissant les yeux, déstabilisée par son autorité.

– Qu'y a-t-il ? demanda-t-il, sans lever le nez de son ordinateur.

– Je vous ramène la carte du *Kyoto*, que vous avez oubliée là-bas.

Cyrille regarda avec ennui la carte qu'elle lui tendait.

– Ah ! Posez-la là, je vous prie, dit-il en désignant le bureau du menton, en reportant son attention sur l'écran.

Céline s'exécuta en réajustant ses lunettes avec fébrilité. Elle s'échappa du bureau, les joues en feu. « Lamentable ! » s'admonesta-t-elle, dégoûtée. « Quelle gourde ! »

◆◆◆

L'hiver s'était installé sur Paris, l'air était glacial et le ciel uniformément gris. En ce matin de février, Myriam salua ses collègues, en grelottant.

— Il va neiger ! J'adore ça !

— Bonjour les bouchons, la gadoue, et les retards de train, maugréa Anna.

— Amie de la poésie et de la joie de vivre, bonjour ! se moqua Myriam.

— Je vais prévenir Cyrille que je pars à quinze heures, je ne veux pas rester coincée à Paris, j'ai déjà donné !

— Je crois qu'on est en vigilance orange, en plus, réalisa Myriam.

— Ils annoncent jusqu'à cinq centimètres de neige ! s'exclama Anna. Tu sais ce que ça veut dire !

— Méga pagaille…

— Les trains vont tomber en panne ! Comme des mouches !

— Ok, ça va, j'ai compris. Je viens avec toi, décréta Myriam

Céline poussa un soupir. Inutile de demander pour elle, il fallait bien que l'une d'entre elles fasse la fermeture… La boutique ne pouvait fermer en pleine après-midi à cause de la neige. Elle se débrouillerait.

Le trafic parisien était par définition infernal, mais par temps de neige, c'était l'odyssée. Cyrille avait donc pris son temps pour quitter la boutique, mais même à vingt-deux heures, la circulation restait dense. À l'arrêt au feu rouge, il regardait une file de piétons se former à la borne de taxis. « Les pauvres », se dit-il, « les transports en commun doivent être saturés ».

– Mais qu'est-ce qu'elle fait là ?! se demanda Cyrille, au moment où il aperçut sa « petite souris grise », comme il aimait à la surnommer.

La plus consciencieuse de ses employées, sérieuse et triste à mourir. Elle s'habillait, enfin, elle s'accoutrait de tailleur en laine, d'un vert-marron terne, de collant opaque et de chaussures orthopédiques à talons compensées de vieille fille. Transie par le froid dans un manteau en tweed trop long, le tableau était complet décidément.

Que faisait-elle encore dans les rues ? Elle était partie de la pharmacie voilà plus de deux heures !

Il alluma les warnings et sortit à sa rencontre.

– Céline ? Que faites-vous là ? demanda-t-il, arrivé à sa hauteur.

Céline posa sur lui des yeux hagards.

– Cyrille ? demanda-t-elle, alors que le givre voilait ses lunettes.

La fatigue et le froid devaient avoir eu raison de sa lucidité. Elle avait attendu pendant plus d'une heure le départ de son train, pour qu'en définitive, il soit tout bonnement annulé. Les bus ne roulaient plus. Elle attendait maintenant depuis presque une demi-heure dans le vent et la neige.

– Il n'y a plus de train pour Antony. Je fais la queue pour rentrer en taxi, expliqua-t-elle.

– Laissez tomber, je vous ramène.

– Non, non, je ne veux pas vous déranger. Le taxi ira très bien.

Un chauffeur de taxi s'adressa alors à la foule.

– Mesdames, messieurs, je vous informe que l'autoroute A86 est fermée, un camion s'est mis en travers de la chaussée. Nous ne prenons plus de course sur ce trajet.

– Oh, ce n'est pas vrai ! s'écrièrent les passants.

Cyrille prit d'office le bras de Céline. Des klaxons se faisaient entendre de la file de voitures, il bloquait maintenant la circulation.

– Venez, nous discuterons après. Faut que je dégage le passage !

Sonnée par la nouvelle, Céline suivit Cyrille dans la voiture. Qu'allait-elle faire ? Où allait-elle dormir ?

– Avez-vous une amie qui pourrait vous héberger sur Paris ? demanda Cyrille.

– Il y a Edith, mais elle loge déjà son frère, bloqué lui aussi par la neige…

– On va essayer les hôtels, dit-il en prenant son smartphone.

– Qui appelez-vous ?

– Mon agence de voyages, ils trouveront plus vite des disponibilités.

Cyrille expliqua la situation à son interlocutrice.

– Il reste quelques lits dans un grand hôtel à partir de mille deux cents euros la chambre.

– Je ne peux pas…

– Il n'y a plus d'autres places.

– La ville de Paris a bien dû ouvrir des gymnases pour les naufragés comme moi !

– Vous n'y pensez pas Céline ! Dans ce cas, venez dormir chez moi, j'ai une chambre d'ami.

– Non ! Non ! Il n'en est pas question. Réservez cette chambre, j'ai des économies !

– Ça représente plus de la moitié de votre salaire ! C'est du délire ! Caroline, je te remercie pour ces informations, mais je vais trouver une autre solution, dit-il à son interlocutrice en raccrochant.

– Où m'emmenez-vous ?

– Chez moi. Et ce n'est pas négociable !

« Il fallait que Miss Première de la classe reste jusqu'à la fermeture », pesta-t-il intérieurement. Ne pouvait-elle pas partir plus tôt comme les autres ? Il n'était tout de même pas un tyran !

À l'air sombre qu'il affichait, elle comprit qu'il était en colère. « J'ai dû gâcher ses plans pour la soirée », se lamenta-t-elle. « Ah, bravo ! Tu voulais te faire remarquer, c'est gagné ! ». Elle travaillait d'arrache-pied dans l'espoir d'obtenir un encouragement - ou même, folle qu'elle était - un compliment. Mais en vain, Cyrille était de ceux qui n'exprimaient pas leur satisfaction. Ne pas se faire réprimander, c'était déjà un éloge !

Au prix d'un interminable parcours, ils arrivèrent à St Mandé. Cyrille s'engagea dans le parking souterrain d'un immeuble moderne. Sortis de l'ascenseur, il ouvrit la porte de son appartement et s'effaça pour laisser entrer son invitée surprise.

Waouh !

Une folle soirée s'annonçait avec la petite souris grise qui tentait déjà de faire corps avec le mur, de peur de déranger la poussière.

– Je me sens atrocement mal à l'aise de vous envahir comme ça, murmura Céline.

Sans blague !

– Il ne faut pas. C'est une situation d'urgence, n'est-ce pas ? La prochaine fois, vous prendrez vos précautions et vous partirez plus tôt, dit-il sèchement.

Si elle avait pu rentrer dans ses vêtements, telle une tortue, elle l'aurait fait. Il n'était pas fâché, il était furieux après elle, se dit-elle. Il la prenait pour une ahurie, incapable d'anticiper les conséquences d'intempéries exceptionnelles.

Bien joué !

– Oui, je retiendrai la leçon, dit-elle humiliée.

– Je vais vous montrer votre chambre, dit-il en l'introduisant dans une pièce. Reposez-vous, vous devez être épuisée.

Il referma la porte en se reprochant sa dureté. Il avait bien cru qu'elle allait se mettre à pleurer.

Il ne manquerait plus que ça !

Il alla chercher un t-shirt, un peignoir et prépara un sandwich. Quand il toqua à la porte, il n'obtint aucune réponse.

– Céline ? Céline ? Je peux entrer ?

Pas de réponse.

– Céline, je vais entrer vous déposer à manger et des affaires pour la nuit.

Cyrille ne trouva personne dans la chambre. Ou était-elle ? Elle ne serait pas partie quand même ?

– Aaaaah !

Un cri lui parvint alors depuis la salle de bain attenante.

– Céline ? Tout va bien ?

– Je suis sous la douche, mais l'eau est gelée !

– Oh oui, j'ai oublié de vous prévenir, le mitigeur est inversé dans cette douche. Actionnez le froid pour obtenir le chaud.

– Ah d'accord !

Une souris grise sous la douche ! Quelle drôle association d'idées ! A-t-elle gardé son inaltérable tailleur ?

Le lendemain matin, Céline se réveilla reposée. Une fois habillée, elle retapa son lit au carré et replia les affaires prêtées. Elle avait dormi dans le t-shirt de Cyrille !

Elle était maintenant curieuse de visiter son appartement. Hier, elle s'était réfugiée dans la chambre afin d'échapper à la mauvaise humeur du propriétaire. Mais elle s'interrogeait sur la personnalité de son patron. La décoration de son intérieur lui en apprendrait sûrement beaucoup ! Dans le séjour, un grand tapis ocre recouvrait le parquet, les murs étaient tapissés de gris et habillés de tableaux modernes. Sur des fauteuils et canapé en cuir club était posé un plaid en tartan. L'ensemble était chaleureux, on aurait aimé se pelotonner dans la couverture du canapé avec un bon bouquin. L'odeur de café frais l'arracha à cette inspection, elle se repéra au bruit de vaisselle pour trouver la cuisine. Rationnelle et pratique, la cuisine laquée de rouge était accueillante, presque familiale. Occupé à ranger, Cyrille ne l'avait pas entendue arriver.

– Bonjour !

Ah, revoilà le tailleur ! Toute la nuit, il y avait pensé à ce satané tailleur ! À croire que ce n'était pas de neige dont les trottoirs étaient saupoudrés, mais de cocaïne ! Rêver d'un tailleur et d'une douche glacée, c'était ridicule. Il secoua la tête pour chasser l'évocation d'un corps nu, mouillé et frissonnant.

– J'ai fait du café, dit-il peu amène.

– Merci, dit-elle en acceptant la tasse fumante.

Il lui en voulait toujours. La tension était palpable.

– Je voulais vous remercier pour votre hospitalité, Cyrille. Je ne sais pas ce que j'aurais fait, si vous n'étiez pas passé par la station de taxis.

– Vous auriez dormi dehors.

Un silence embarrassé s'installa entre eux.

– Ce café est délicieux, tenta-t-elle encore.

Cyrille avait déplié le *Figaro* de telle sorte qu'il la privait de sa vue. Absorbé par sa lecture, il ne lui répondit pas. Céline était au comble de l'embarras. Elle but un peu de son café, puis tendit la main vers la corbeille de pain, mais le journal la gênait.

– Pardon, excusez-moi, murmura-t-elle pour attirer l'attention de Cyrille.

Il fit claquer son journal d'un coup sec et se décala. Céline était mortifiée. Elle saisit la tartine et la beurra légèrement. Mais elle lui sembla avoir un goût de cendre. Cyrille tournait bruyamment les pages de son journal. À la fin, elle n'y tint plus.

Elle décida qu'il fallait partir sans tarder. Autant abréger ses souffrances.

– J'avais oublié, mais j'ai une course à faire, dit-elle, en redressant ses lunettes.

Elle se leva et lissa sa jupe.

– Je vais prendre le métro.

Cyrille ne répondit pas, concentré par la lecture de son article.

– On se voit à la pharmacie ! lança-t-elle du couloir, en saisissant manteau et sac à la volée.

Avant qu'il ne comprenne ce qu'elle faisait, la porte avait claqué.

– Céline ?

Elle était partie.

Cyrille avait instauré un règlement intérieur très strict, permettant de le prémunir de débordement extra-professionnel avec ses employées.

Quand il était stagiaire au début de sa carrière, il avait été le spectateur consterné de règlements de compte entre collègues devant la clientèle. Les coucheries, et les trahisons qui s'en suivaient avaient empoisonné l'ambiance de cet établissement. La réputation d'un lieu reposait sur la bienséance de ses salariés, et de son patron, cela allait sans dire.

Il était entendu qu'il avait hébergé Céline dans un cas de force majeure. Il se devait de l'expliquer à ses subordonnées. Il ne voulait surtout pas que la rumeur vienne déformer les faits.

– Avez-vous pu regagner vos domiciles sans encombre ? demanda-t-il le lendemain à Myriam et à Anna.

– Le trajet a été épique, mais j'ai pu atteindre la maison avec une heure de retard. Je pense que je ne m'en tire pas si mal, si j'en crois les informations télévisées de ce matin, dit Anna

– Les lignes étaient coupées quand je suis arrivée à la gare Saint-Lazare. J'ai donc rejoint Levallois-Perret en métro, où

Mathieu m'avait donné rendez-vous. Nous avons fait le reste du trajet en voiture, c'était dantesque !

– Céline a eu moins de chance que vous ! Elle s'est retrouvée naufragée de la route à vingt-deux heures. Heureusement que je l'ai aperçue toute seule dans la rue, sinon on l'aurait découverte entièrement congelée ce matin sur un banc, dit-il en plaisantant.

– Où as-tu dormi alors ? demanda Anna à Céline, mortifiée par le récit de Cyrille.

– Cyrille a eu la courtoisie de m'héberger, dit-elle d'une toute petite voix, éteinte par l'humiliation.

– Il s'agissait d'une situation d'urgence ! Je ne pouvais pas décemment la laisser dehors ! expliqua-t-il d'un air supérieur aux préparatrices.

– Oui, c'est évident, je crois que tu peux remercier Cyrille, approuva Anna, en appuyant sa remarque d'un clin d'œil.

Anna était une incorrigible curieuse. Elle allait en faire des choux gras…

Commandez maintenant ***Irrésistible psychorigide*** auprès de votre libraire.

Présentation de l'auteure

Ses romans sont une invitation à voyager. À voyager autour du monde. À voyager à l'intérieur de soi.

Aller à la rencontre de soi-même, se réinventer, se réaliser, se guérir émotionnellement, ce sont autant de thèmes qu'elle aime aborder dans ses romances.

Car quoi de mieux que de se confronter à l'autre pour se comprendre intimement.

Des histoires pleines d'émotion, de rire, d'évasion, voilà à quoi s'attendre dans ses romans.

Comme bien d'autres lecteurs qui ont découvert ses comédies romantiques, ses sagas familiales et ses romances de Noël, laissez-vous transporter par ses personnages attachants, "attachiants", drôles, émouvants, bourrés de défauts, authentiques pour de vrai.

Pour garder le contact :

www.laetitialaroche.mademoiselleatroisailes-editions.fr
laetitia.laroche@mademoiselleatroisailes-editions.fr
https://www.facebook.com/laetitialaroche.romanciere
https://www.instagram.com/laetitialaroche_romanciere/

Ses autres romans

Comédie romantique
Irrésistible psychorigide, Laetitia Laroche
Irrécupérable geek, Laetitia Laroche
Impossible Biker, Laetitia Laroche
Toi sûrement pas, Laetitia Laroche

Imparfaits mais vrais, Laetitia Laroche

Saga
Element, Laetitia Laroche

Romance de Noël
Je n'y arrive plus !, Laetitia Laroche
Je n'en peux plus !, Laetitia Laroche
J'en veux plus !, Laetitia Laroche

Littérature jeunesse
Agatoo, mon papa, ma maman, L.L.L. David, Myss CC
Arbogast & Qurn, tome 1 à 10, Elle David, Myss CC

www.ingramcontent.com/pod-product-compliance
Lightning Source LLC
LaVergne TN
LVHW091728190726
843493LV00001B/493